中国古代文史经典读本

# 李清照诗词文 选评

陈祖美　撰

上海古籍出版社

**图书在版编目(CIP)数据**

李清照诗词文选评／陈祖美撰.—上海：上海古籍出版社，2019.5

（中国古代文史经典读本）

ISBN 978－7－5325－9223－4

Ⅰ．①李… Ⅱ．①陈… Ⅲ．①李清照(约 1084－约 1155)－宋诗－诗歌评论②李清照(约 1084－约 1155)－宋词－诗歌评论③李清照(约 1084－约 1155)－古典散文－散文评论 Ⅳ．①I206.2

中国版本图书馆 CIP 数据核字(2019)第 075067 号

中国古代文史经典读本

**李清照诗词文选评**

陈祖美　撰

上海古籍出版社出版发行

（上海瑞金二路 272 号　邮政编码 200020）

（1）网址：www.guji.com.cn

（2）E-mail：guji1@guji.com.cn

（3）易文网网址：www.ewen.co

常熟新骅印刷有限公司印刷

开本 787×1092　1/32　印张 8.125　插页 3　字数 108,000

2019 年 5 月第 1 版　2019 年 5 月第 1 次印刷

印数：1—3,100

ISBN 978－7－5325－9223－4

I·3386　定价：26.00 元

如有质量问题，请与承印公司联系

# 出 版 说 明

上海古籍出版社成立六十多年来形成了出版普及读物的优良传统。二十世纪,本社及其前身中华书局上海编辑所策划、历时三十余年陆续出版的《中国古典文学作品选读》与《中国古典文学基本知识》两套丛书各八十种,在当时曾影响深远。不少品种印数达数十万甚至逾百万。不仅今天五六十岁的古典文学研究者回忆起他们的初学历程,会深情地称之为"温馨的乳汁";而且更多的其他行业的人们在涵养气度上,也得其熏陶。然而,人文科学的知识在发展更新,而一个时代又有一个时代的符号系统与表达、接受习惯,因此二十一世纪初,我社又为读者奉献了一套"新世纪文史哲经典读本",是为先前两套丛书在新世纪的继承与更新。

　　"新世纪文史哲经典读本"凝结了普及读物出版多方面的经验：名家撰作、深入浅出、知识性与可读性并重固然是其基本特点；而文化传统与现代特色的结合，更是她新的关注点。吸纳学界半个世纪以来新的研究成果，从中获得适应新时代读者欣赏习惯的浅切化与社会化的表达；反俗为雅，于易读易懂之中透现出一种高雅的情韵，是其标格所在。

　　"新世纪文史哲经典读本"在结构形式上又集前述两套丛书之长，或将作者与作品（或原著介绍与选篇解析）乳水交融地结合为一体，或按现在的知识框架与阅读习惯进行章节分类，也有的循原书结构撷取相应内容并作诠解，从而使全局与局部相映相辉，高屋建瓴与积沙成塔相互统一。

　　"新世纪文史哲经典读本"更是前述两套丛书的拓展与简约。其范围涵盖文学经典、历史经典与哲学经典，希望用最省净的篇幅，抉示中华文化的本质精神。

　　该套丛书问世以来，已在读者中享有良好的口碑。为了延伸其影响，本社于 2011 年特在其中选取十五种，请相关作者作了修订或增补,重新排版装帧,名之为"中国古代文史经典读本",以飨读者。出版之后,广受读者的好评,并于 2015 年被评为"首届向全国推荐中华优秀传统文化普及图书"。受此鼓舞,本社续从其中选取若干种予以改版推出,并得到国家有关部门的支持,多种获得 2016 年普及类古籍整理图书专项资助。希望改版后的这套书能继续为广大读者喜欢,为弘扬中华优秀传统文化作出贡献。

上海古籍出版社

2017 年 6 月

# 目　　录

# 导　　言

寻寻觅觅，冷冷清清，凄凄惨惨戚戚……

　　　　　　　　　　　　　　——《声声慢》

生当作人杰，死亦为鬼雄。至今思项羽，不肯过江东。

　　　　　　　　　　　　　　——《乌江》

　　倘若不是上述诗词本身的知名度极高，人们很难相信这是出自同一位作者之手。然而，千真万确二者均系宋朝女词人李清照的手笔。

　　综观李清照的作品，不仅题材不是单一的，其体裁更可谓诗词文赋兼擅，欢愉之作亦工，悲苦之篇尤胜。李清照作品的多姿多彩，是为其饱尝人间甘苦的人生所决定的。然而，以往人们大都不是这样认同李清照，而视其为只是善写闺情的婉约词人,从而导致了对其作品题材和体裁的畸轻畸重,比如关于《漱玉集》的选注本往往只选词,或只选诗词,几乎没有诗词文赋均衡遴选的雅俗共赏的读本。诚然,颇负声誉的王学初《李清照集校注》具有较高的学术价值,笔者曾深受教益,也是本书所选作品的底本。但是,无庸讳言,王学初先生的这一校注本,其中不无求之过深或过于烦琐之嫌,已难适应今日多数读者之需。笔者将在实践本丛书编者新颖构想的过程中,努力刻画一个既不失本相,又有鲜活气息的李清照新形象,与此同时,也将其具有代表性的各类作品娓娓向读者道来。

“知人论世”是走近作家作品的重要蹊径,然而对于李清照的身世,人们不仅所知无几,也有畸轻畸重之取。比如,关于李清照之父李格非“妻王氏”的记载,《宋史·李格非传》云“王氏”系王拱辰的孙女,而宋人庄绰谓“王氏”系元丰丞相王珪之父王准的孙女。对这两种记载,王学初先生认为“庄绰所言为是”,而先后刊载于《文史》第三十七辑和《中华文史论丛》第六十五辑等等的署名文章,据李清臣所撰《王珪神道碑》等则认为,适郓州教授李格非的"王氏"系王珪长女。笔者认为,对以上不同记载,不宜采取非此即彼的二元对立的思维方式,只能肯定李清照的生母是非此即彼的,而李格非既可娶王准之孙女(即王珪长女)为妻,在妻子早卒之后,亦可能再娶王拱辰之孙女为继室;与此相辅相成的是笔者还找到了一些李清照受新旧党争株连而有可能一度被迫回归原籍的记载,从而对她的那些悲苦无似的离情词有所新解;更为可贵的是启功先生所提供的李清照的丈夫赵明诚的手迹复制件(参见北京出版社2001年9月版《李清照新传》卷首之插页),从而可以印证赵、李新婚之初,赵明诚先在太学作学生,毕业后即膺任京中清要之职——鸿胪少卿,进而可以推翻"易安结缡未久,明诚即负笈远游"之旧说,顺理成章地得出被迫离京的不是崇宁宰相之一赵挺之的幼子赵明诚,而是其父李格非已经被贬离京的李清照;与此同时,笔者又将"赵君(明诚)无嗣"的记载引进对相关李清照词作的研读之中。这样一来,本书对李清照生平的系年和对

《漱玉词》的编年及一系列新说,恐不是一种空穴来风,更不是无端的标新立异。

要想正确地解读李清照的作品,还需着重关注其诗文与词的题材和题旨迥异其趣的理论和实践。因为解读她的大都有确切编年的诗文,仍然沿用社会学的方法是能够绅绎出其"嫠不恤纬,惟国是爱"的题旨的。而对《漱玉词》的解读,不仅首先要有较系统的词学知识,还要认清她为诗和词之间所划分的楚河汉界,更要设身处地地运用古代女性视角,这就势必得将社会学的解读方法转换为对其情感心理的逆探。对此,在拙著《李清照评传》中被称为"打开传主心扉的钥匙"。对于解读以传写心曲为主的《漱玉词》来说,有没有这把钥匙是大不一样的。没有这把钥匙的话,对于李清照作品、特别是对她的离情词,不但难以解读到位、创意出新,还可能人云亦云或南辕北辙,甚至以讹传讹,贻误读者。本书将接受解读《漱玉词》的有关经验教训,努力使这本书成为一种深入浅出、雅俗共赏的读物。

还有应该作出必要交代的是,其一,本书没有选取几可作为李清照再嫁问题物证的《投内翰綦公崇礼启》,但是这并不意味着笔者不承认李清照在赵明诚亡故之后确有再嫁之事,相反,在拙著《李清照新传》中,既引进史学界所指出的当时有两个"张汝舟"的材料,又有自己运用新视角的新发现……这一切都将更清楚和更合理地证实,李清照确有再嫁离异之事。关注此事的读者在本书的第八"从绍兴到杭州,再嫁离异及其他"部分的概说中,或可得到差强其意的答案。

　　其二,是关于李清照的生年。这一问题争论了约有一个世纪之久——胡适和陆侃如、冯沅君断言李清照生于元丰四年,即公元1081年;黄盛璋则考定为元丰七年,王学初《李清照集校注》亦作元丰七年。在关于《漱玉集》的数种拙著中,均取黄、王之说作宋神宗元丰七年(1084)。然而,二十世纪末,由赞同胡适等"元丰四年说"的学者问难,形成了新一轮的争议。驳难者可以王昊为代表,其所推举的是一向被忽视的浦江清和王璠的"元丰六年说"。笔者认为,元丰六年和元丰七年,虽然只有一年之差,但却并非是通常所理解的"虚"、"实"

岁之别,而是推导依据夐然不同所致。鉴于这一争端迄无定论,故此书将李清照的生卒年作为公元1084?—1155?

其三,是关于李格非的妻室问题。虽然经笔者引进史学界的有关论文和反复考量,基本可以认定李格非曾先后与王珪长女、王拱辰孙女结为伉俪,但这都是在他年届"而立"或以后之事。因为根据有关资料,对李格非的卒年可厘定为公元1112年或在此前后一二年,享年六十一岁。那么,在他熙宁九年(1076)中进士时,已经二十大几。他迎娶王珪长女时任郓州教授,是在其中举之后的约公元1080年。在我国古代,年近"而立"的男子尚未初婚者,概率极小。所以在娶王珪长女之前,李格非不是没有已婚的可能。那么,连同他日后晋升为校对黄本书籍(约在公元1094年前不久)时,所娶王拱辰孙女在内,李格非前后可能有三房妻室。而作为长女李清照的生母只能是前二房中的一位。她即使非王珪长女所生,伦理上她仍然是王珪的外孙女。李格非再娶王拱辰孙女时,李清照约在十岁上下。而宋高宗建炎年间任敕局删定官的李远,被李清照称为"弱弟",即幼弟,亦即是她的异母小弟。基于上述推考,早在 20 世纪九十年代中期,笔者便初步推出了"继母说"。《词学》第 15 辑曾有署名文章对这一"继母说"加以补证。后来认同"继母说"者虽不乏其人,但均语焉不详,故在此作一交代。

# 一、汴京待字和合卺初嫁（1099—1103）

李清照（1084？—1155？），号易安居士，济南章丘明水（今属山东）人。其父李格非官至礼部员外郎，其生母当系元丰宰相王珪早卒之长女。这样一来，李清照有可能一落草就失去了生母，或最迟在她一周岁左右时其生母即亡故。此时恰好李格非所任掌管学校课试等教务的地方低级学官——郓州教授秩满而转官为京城最高学府国子监所属的执掌学规、协助教学的太学录。李格非在汴京既无家室又无宅第，在这样的境况中，他不大可能将尚在哺乳中的长女李清照携往京城，可能性较大的是李格非不得不将其长女送回离他当学官的郓州近在咫尺的原籍章丘明水。

　　襁褓丧母的李清照是不幸的。然而明水有她的声名很高、致仕还乡的祖父,至少还有两位知书达理和善可亲的伯父、两位伯母及堂兄李迥。李清照在这个温馨的大家庭里,沐浴着上述亲人的无限关爱,她生活得无拘无束,因而养成了她"倜傥有丈夫气"的爽朗性格;早在及笄之初她就四处游赏,饱览家乡的风景名胜,如溪亭、大明湖,抑或莲子湖等等,齐鲁的壮丽山川和旖旎风光,为李清照创作那种格调豪迈多姿的作品提供了最初的素材。李清照在"百脉寒泉珍珠滚"和"清境不知三伏热"的原籍明水大约生活到及笄之年。

　　在古代,女子年届十五即行"笄女之礼",就是把头发挽起用簪子别住,这意味着到了待字出嫁的年龄了。虽然在李清照六岁那年,李格非在汴京购置了一座名曰"有竹堂"的宅院,但这主要是他在太学晋升为负训导之责并佐助教学的"学正"和高等学官"博士"以后,业余做学问的地方,也为他日后再娶作准备,而李清照大约是在议婚前夕的十六七岁时才从明水来到了汴京。

　　尽管很年轻,李清照也明白,老家再怎么温馨,也难以寻觅门当户对的如意郎君，于是她半是眷恋、半是向往地开始了在汴京的新生活。这时李格非的同僚并与之有通家之谊的晁补之和张文潜正好是李清照诗词创作的最好老师和对手。她的处女作可能就是描绘她记忆中的齐鲁湖山风光和逸兴壮采的《双调忆王孙》(湖上风来波浩渺)和《如梦令》(尝记溪亭日暮)，而她十七岁左右所写的《浯溪中兴颂诗和张文潜二首》，则已具青蓝胜概。

或许李格非对东床的遴选举棋不定，或许其间有何波折，或许李清照的心里话对父亲和继母难以启齿，于是她便选择了善传心曲的词来表达她作为待字少女的特有情愫，比如四首《浣溪沙》(小院闲窗、淡荡春光、髻子伤春、莫许杯深)，显然均为幽居之女的怀春之作，而《如梦令》(昨夜雨疏风骤)，则是一首"口气宛然"的青春易逝之叹。

正是这首咏海棠的《如梦令》，一出手就产生了轰动效应，使得朝野文士莫不为之击节称赏，从而涌现出可能是我国早期的一批"追星族"，而时任吏部高官的赵挺之的三公子赵明诚（字德父，又作德甫），则是"追星族"中最为痴迷和狂热的一位。他寝食不安地大作相思梦，其潜意识无异于弗洛伊德所谓的"昼梦"，于是当年在汴京就流传着这样一则佳话：

> 赵明诚幼时，其父将为择妇。明诚昼寝，梦诵一书，觉来惟忆三句云："言与司合，安上已脱，芝芙草拔。"以告其父。其父为解曰："汝待得能文词妇也。'言与司合'，是'词'字，'安上已脱'，是'女'字，'芝芙草拔'，是'之夫'二字，非谓汝为词女之夫乎?"后李翁以女女之，即易安也，果有文章。（伊世珍《琅嬛记》卷中引《外传》）

当时汴京有"相媳妇"的风俗，即正式嫁娶之前，婆家人要亲眼考察一下未来的新娘是否中意。李清照的秋千小阕《点绛唇》中主人公急忙躲避的那位来"客"，从她羞涩的举动看，莫非就是亲自登门相亲的赵明诚?

宋徽宗建中靖国元年（1101），是二十一岁的赵明诚与十八九岁的李清照天作之合的大喜之年。这一对少男少女是幸运的。赵明诚好梦得圆，李清照择婿如愿，他俩不啻有情人终成眷属，而且缔结了一段令当代和后世不胜艳羡的"夫妇擅朋友之胜"理想姻缘。

　　赵、李新婚之初的一二年，可谓良辰、美景、赏心、乐事四者兼并。此时李清照的自视之高几无伦比，这从她在合卺前后所写的《渔家傲》（雪里已知春信至）等词中可窥视一二，她时而说"造化可能偏有意……此花不与群花比"（《渔家傲》），时而又云"自是花中第一流"（《鹧鸪天》），以及词人着意描绘的那枝带着晶莹露珠的春意盎然的红花（《减字木兰花》），显然都是作者娇嗔优雅身世之自况。

　　新婚的头二年，李清照只是偶尔填写欢愉之词，除了上述提到的几首词以外，尚有《庆清朝》、《瑞鹧鸪》等。这两年她主要是与丈夫一起兴致勃勃地抄写整理那些稀世典籍。这期间，赵明诚还在太学作学生，每半月告假回家一次，每次回来，他就步行到汴京城内的大相国寺去，先典当一些衣物，从中拿出半千钱购置碑文，还总是不忘记给妻子带回一些她喜欢吃的干鲜果品。

两人一面咀嚼零食，一面展玩所市文物，就像忘怀得失、不慕荣利的葛天氏之民，其乐无穷。他俩也有某种憾事，那是因为即便作为"贵家子弟"，他们也没有那么多钱去购买像南唐徐熙《牡丹图》那样的贵重文物，在留下来欣赏两日夜后，物归原主时的所谓"惋怅"。实际上，这是一种夫妻相知相谐、令人回味不尽的甜蜜感受。

# 如 梦 令①

尝记溪亭日暮②，沉醉不知归路。兴尽晚回舟，误入藕花深处③。争渡，争渡④，惊起一滩鸥鹭⑤。

① 如梦令：五代后唐庄宗李存勖所作《忆仙姿》词云："曾宴桃源深洞，一曲清歌舞凤。长记欲别时，和泪出门相送。如梦，如梦，残月落花烟重。"苏轼嫌词名不雅，改为《如梦令》。后周邦彦又改为《宴桃源》。此首当作于李清照十六七岁时，初到汴京而回忆在故乡的郊游趣事。

② 溪亭：一说此系济南七十二名泉之一,位于大明湖畔;二说泛指溪边亭阁;三说确指一处叫做"溪亭"的地名(因苏辙在济南时有《题徐正权秀才城西溪亭》诗);四说系词人原籍章丘明水一带的一处游憩之所,其方位当在历史名山华不注附近。

③ 藕花：荷花。

④ 争渡：即"怎渡"的意思,慌忙划船,夺路急归。

⑤ 鸥鹭：这里泛指水鸟。

　　词的起拍"尝记"二字,在这里是"曾经记得"的意思,它说明此词非当时当地所作。李清照约十八岁结婚之前到汴京,二十四五岁时,公公赵挺之被罢相,不久,她就随丈夫赵明诚"屏居(即隐居)乡里十年",离开汴京到了青州(今属山东),也远离了与她有诗词交往与唱和之谊的晁补之、张耒(字文潜)等人。赵明诚对金石之学情有独钟,屏居初年,李清照的创作雅兴,一度转移到与丈夫共同搜集、整理、抄写、校勘金石书画方面。所以,这首词当是作者出嫁前后,居汴京时,回忆故乡往事而作,也就是李清照十六岁左右至二十三四之间的作品。详察作者生平,此词可系于她大约十六岁(宋哲宗元符二年,公元 1099 年前后),是时她初到汴京,此词可能是她的处女作。其初试词笔,就出手不凡,竟被有些版本作为苏轼、吕洞宾所作,这再生动不过地说明,词人及此作堪与"须眉"、名流相匹敌。

这是一首记游词,也被题作"酒兴",洵为豪迈之什。人称"易安倜傥,有丈夫气,乃闺阁中之苏(轼)、辛(弃疾),非秦(观)、柳(永)也。"(沈曾植《菌阁琐谈》)李清照惟其有丈夫之气,文士之豪,其词风总的虽属婉约派,但在她现存作品中,不仅没有那种"雌男儿"笔下的脂粉气,有些还可划归豪放之列,这一首就是词人豪情逸兴的写照。它虽然是一首只有三十三字一气呵成的小令,其景象却非常开阔,情辞极其酣畅。作品的这种豪迈气度,固然与作者的气质有关,而气质不完全是天生的。壮阔的齐鲁山川,珍珠般翻滚的故乡明水数不清的活水甘泉,为词人提供了驰骋豪兴遐想的前提,涵育了她的胸襟怀抱。李清照那种独有的投身大自然、钟情于山水风物的童心和志趣，与其壮怀激越的作品，在一定意义上是相通的。通过这首小令，还可以获得对词人思想性格更全面的认识：即使她的早期作品，也不都是表达所谓怜花惜春的闺情。她的生活视野，有时也在闺房以外，当她的小舟驶入"藕花深处"时，也会像"惊起一滩鸥鹭"一样，给当时的词坛带来一股清风。事实上，李清照有一些体物、纪游、抒情词，无论是题材的选择，还是由此所表现出来的艺术特色，都给人耳目一新之感，被口碑相传为"独树一帜"（陈廷焯《白雨斋词话》卷六）。

赏读这首词，仿佛有一种沁人肺腑的清新之享；回味这首词，每每令人忧喜交并：你想啊，天色将晚，人已沉醉。当一二懵懵懂懂的小妞所划一叶扁舟，在暮色中漂离水道，小舟失控，糊里糊涂，摇摇摆摆地钻进了黑压压的荷花丛中，你能不为她们捏一把汗？说时迟那时快，呼啦一声，成群的水鸟扑扑棱棱，飞向恢恢天网……刹那惊悸之余，又会叫你忍俊不禁，以至事隔经年，还深印在这位游赏者的脑海之中。到了京城，或被类似的美景所感发,兴文成篇,为后人留下了这一别具一格的、豪迈偶傥的小令。

## 如　梦　令

　　昨夜雨疏风骤,浓睡不消残酒。试问卷帘人①,却道"海棠依旧"②。"知否,知否?应是绿肥红瘦。"

① 卷帘人:当指闺中小姐的侍女。
② 却道:(侍女)竟说。

　　此词所写,化用唐韩偓《懒起》诗意。韩诗云:"昨夜三更雨,临明一阵寒。海棠花在否?侧卧卷帘看。""卷帘人"是谁?答案不尽相同。吴小如先生以为应是词人的丈夫,他云:"原来此词乃作者以清新淡雅之笔写秾丽艳冶之情,词中所写悉为闺房昵语,所谓有甚于画眉者是也,所以绝对不许第三人介入……及至第二天清晨，这位少妇还倦卧未起，便开口问正在卷帘的丈夫，外面的春光怎么样了？……丈夫对妻子说'海棠依旧'者，正隐喻妻子容颜依然娇好，是温存体贴之辞。但妻子却说，不见得吧，她该是'绿肥红瘦'，叶茂花残，只怕青春即将消失了。这比起杜牧的'绿叶成阴子满枝'来，雅俗之间判若霄壤，故知易安居士为不可及也。'知否'叠句，正写少妇自家心事不为丈夫所知。可见后半虽亦写实，仍旧隐兼比兴。如果是一位阔小姐或少奶奶同丫鬟对话，那真未免大杀风景，索然寡味了。"（《诗词札丛》）

　　笔者曾对上述答案郑重反复地思考过。在长达十余年的思考过程中，陆续想到了三点理由：一是"赵君（明诚）无嗣"，所以在李清照的作品中，不大可能有与杜牧"绿叶成阴子满枝"相联系的寓意；二是此词既含孟浩然《春晓》诗意，更是对韩偓《懒起》诗的隐括，而韩诗的主人公应是一位少女，她与李清照所演之词的人物身份是相同的。因为一个作为"贵家""新妇"的词人，恐怕不便那么恣意饮酒、睡懒觉。即使丈夫娇惯放纵她，何以见公婆和两位妯娌？看来把"卷帘人"视为小姐的侍女更妥；三是这首轰动朝野的小词的写作和传播，既是奠定李清照"词女"地位的基础，也当是赵、李两家联姻的媒介，惟其婚前所作，才会有赵明诚大作相思"词女"之梦。依托这些理由，仍拟将此词视为"口气宛然"地表达少女伤春之作，况且，在同一作者笔下，还能找到"长记海棠开后，正伤春时节"的旁证。

惜花伤春是古代作家的一种思想寄托，其中往往包含了社会的、人生的深刻内容。李清照这首小词的思想容量尽管有限，但它对"花事"的关切，就是对青春的珍惜。把这种多情善感，以貌似闲淡之景出之，既是词家的秘钥所在，也是此词成功的关键所系，特别是结拍的"绿肥红瘦"，胡仔称为"此语甚新"、王士禛赞为"人工天巧，可称绝唱"……还有一些不尽是现代文学评论所用之赞语，但其含义与当今对此词的公允评价一无相悖之处。另有些古人的评语，对今天理解这首小令，可能有一定隔膜。打个今人熟悉的比方，此词篇幅虽小，但却颇似西洋歌剧的咏叹调，极富抒情色彩并有戏剧性，所谓"短幅中藏无数曲折"（《蓼园词评》）是也。

## 双调忆王孙①

湖上风来波浩渺，秋已暮、红稀香少。水光山色与人亲，说不尽、无穷好。　　莲子已成荷叶老，清露洗、蘋花汀草②。眠沙鸥鹭不回头，似也恨、人归早。

① 双调忆王孙：《乐府雅词》虽然是现存《漱玉词》最早的好版本，但是对于此词的调名却误作《怨王孙》，此后便以讹传讹。巴蜀书社1992年9月版《李清照作品赏析集》第10页，周笃文所撰此词赏析之文首纠其讹云："《怨王孙》，'怨'，当为'忆'字之讹。考此词之平仄韵式均同《忆王孙》，而与《怨王孙》迥异。按周紫芝之《双调忆王孙》：'梅子生时春渐老，红满地、落花谁扫？旧年池馆不归来，又绿尽、今年草。　　思量千里乡关道，山共水、几时得到。杜鹃只解怨残春，也不管、人烦恼。'与此《怨王孙》词纤悉无

殊,可证其误……从句律上讲,下片是上片的重复,故谓之
《双调忆王孙》。"兹从之。

② 蘋:亦称田字草,多年生浅水草本蕨类植物。


　　词之上片写观赏秋景的喜悦;下片写归去时的依
恋。全篇的中心意思是通过对秋景的描绘,抒发作者热
爱自然的心情。首句写广阔无垠的水面给人的感受。
接下去写晚秋景象:荷已萎谢,只剩下残存的点点红
花,馀香淡然。但湖水潋滟、秋山点翠,与人格外亲昵,
此情此景使人感到无比美好。下片对秋色的描绘饶有
风趣,颇有现代相声中逗哏的意味:莲子成熟,露洗花
草,秋色如此诱人,那么沙滩上的鸥鹭为什么像在赌气,
扭过头去,不与作者道别? 喔,原来是怨恨她归去太早!

　　追本穷源的话,自从宋玉的"悲哉秋之为气也"和
杜甫的"万里悲秋常作客"的名篇名句问世后,有多少
人相继写过悲秋的作品! 不说别人,就是李清照本人的
名句"人似黄花瘦",虽然主要是怀人,却也包含着浓重
的悲秋成分。这首《双调忆王孙》完全不同,写的既不

是篱边黄花，更不是什么衰颜秋扇，词人选择了秋莲。如果说出水芙蓉是明净纯洁的象征，那么"莲子已成"的秋荷，便给人以丰盈充实之感。由于作者乐观情绪的点染，词中的"水光山色"、"蘋花汀草"以及"眠沙鸥鹭"，无不使人感到可亲、可爱、可喜。通过对秋景的描绘，抒发作者的欢快情绪，这在北宋词坛上，虽不能说绝无仅有，却也极为少见。出自一位待字少女笔下，就更为可贵。

诚然，此词的风格基本上保持了婉约词的当行本色，比如作者把自己爱湖山的感情，说成"水光山色与人亲"，把留恋美景的心情，用"眠沙鸥鹭不回头，似也恨、人归早"来表达，可谓曲尽人意。但此词又不同于一般婉约词的缠绵蕴藉，而直说"秋已暮"，径夸"无穷好"。如此写来，既不隐晦，又不直露；既有景物的描绘，又有感情的抒发。这种含义明白而不一一点破的写法，丰富了婉约词的表达方式，使其既有隽永深长之味，又有畅亮欢快之情。

论者多把《金粟词话》中所谓"用浅俗之语，发清新之思"视为"易安体"的基本特色之一,此词便集中体现了这一特色,其用语极为浅显通俗,而所表达的思想感情却很新颖,毫不落窠臼。比如,写秋风无萧瑟之气,状秋情无悲伤之意。在"红稀香少"、"莲子已成荷叶老"、"清露洗、蘋花汀草"等等一连串明白省净的语句中,人们看到词人不是在为"秋已暮"、"荷叶老"而伤感,而是在为"水光山色"、莲子荷叶和湖畔花草而欢歌不已。这首词不仅比被作者批评的柳永的某些"词语尘下"的作品要清新健康得多,就是在有词以来的全部作品中,也是别具一格的,它给人以清新向上、愉悦充实之感,体现出作者的一种倜傥豪迈、青春焕发之气。


## 浣　溪　沙①

### 春　景

　　小院闲窗春色深②,重帘未卷影沉沉③。倚楼无语理瑶琴④。　　远岫出云催薄暮⑤,细风吹雨弄轻阴。梨花欲谢恐难禁⑥。

① 浣溪沙：此调又名繁多。一名《小庭花》，系取张泌词"露浓香繁小庭花"句；一名《醉木犀》，是由韩淲词"一曲西风醉木犀"而来。风格婉转，语音清脆，宜于写景抒情。李清照此词颇近本意。这又是一个使用频率最高的词调，仅《全宋词》就共用七百馀次。任半塘《唐声诗》云："浣溪沙"三字费解，疑"沙"字系乐工手记所讹，似应作"纱"。此似可备一说。

② 闲窗：装有护栏的窗子。

③ 沉沉：形容深邃的样子。

④ 瑶琴：饰玉的琴，即玉琴。也作为琴的美称。

⑤ 岫（xiù）：山峰。薄暮：指太阳将要落山的时候。

⑥ "梨花"句：意谓梨花盛开之日正春色浓郁之时，而它的凋落却使人格外伤感，以至难以禁受。

　　这首小令曾被误作欧阳修、周邦彦词，或不著撰人姓名。这当是此词传播中的一种发人深思的现象，当初的情景莫非是这样的：李清照于待字之年，从原籍明水来到京都，她的才华深受词坛高手晁补之等"前辈"的赏识，从而激起了她的创作灵感，遂以记忆中的溪亭、莲湖之游和现时感受为素材写了一束束令词。学识渊博的李格非虽然自己不擅此道，但他深感女儿的小词出手不凡，便故掩其名，并与贤侄李迥分别将这些小词携至朝中和太学。果然不出所料，一时争相传阅，人见人爱，朝野为之轰动。或有好事者，将其中那首格调豪迈并带有"仙气"的溪亭记游词《如梦令》，猜测为苏轼或吕洞宾所作，而认为这首《浣溪沙》是出自欧阳修或周邦彦之手。在这批小词的众多热心读者中，有一位才学出众的太学生，他自幼酷爱金石书画并稔悉苏轼等书法大家的笔迹，乍一看他也曾认为是苏轼所写，细审字迹，虽有须眉般的遒劲之势，而笔意则不时透着女子的隽秀之气，遂自言自语道："此系词女所为！"这"词女"二字，刹那间使得芸芸众生恍然大悟，人们也就不约而同地想到了这些绝妙好词的真正作者——李清照！

《漱玉词》中的早期作品，总的可谓一鸣惊人，但人们的反映各不相同。她从晁补之、张耒等"前辈"那里得到的是鼓励、奖掖和逢人"说项"；缙绅、文士对她的作品虽然也击节称赏，但真正为之动心的只有一个人，他就是赵明诚！赵明诚不仅激赏李清照的诗词，这位"词女"的一切无不使他倾倒。别人对"词女"左不过口碑之誉，赵明诚却为之寝食难安，于是便有上文所说的"昼梦"佳话的流传。托名元伊世珍《琅嬛记》卷中引《外传》的这一煞有介事的记载，再生动不过地说明——赵家父子对"词女"李清照当初有多么倾倒！

仿佛是"心有灵犀一点通"，李清照的这首《浣溪沙》，其语义深层所蕴含的岂不正是少女怀春的意绪！

起拍"春色深"的"深"字，既可训作"甚"，也可训作"浓"。前者是春色过甚，后者言春色正浓。联系下片的"细风"，其原意当属后者，即"小院"中春色正浓。然而，主人公的闺房不仅窗户紧闭，连一层层的窗帘都没有打开，因而闺房显得黑洞洞阴沉沉的。所以接下去的"倚楼无语理瑶琴"，意谓这位闺秀以信手拨弄精美的古琴，来排遣其难以名状的一腔愁绪。

下片首句的"远岫出云催薄暮"前四字，当是对"窗中列远岫"（谢朓《郡内高斋闲望答吕法曹》诗）和"云无心以出岫"（陶潜《归去来兮辞》）二诗句的隐括，全句意谓云翳从远处的山峦飘起,加速了暮色的降临。"细风"句承上启下,意谓云行风起暮雨纷纷,寒气袭来。结拍"梨花欲谢恐难禁"的表层语义是,似这般晚来风雨的侵袭,到了梨花飘落之时所引发的伤感将是难以承受的!所以,整首词的言外之意当是,在这种封闭阴雨的环境中,一个春心勃发的少女该是多么伤感!

## 点　绛　唇①

蹴罢秋千②,起来慵整纤纤手③。露浓花瘦,薄汗轻衣透。　　见客入来,袜刬金钗溜④。和羞走,倚门回首⑤,却把青梅嗅。

① 点绛唇:南朝梁江淹《咏美人春游》诗有"白雪凝琼貌,明珠点绛唇"之句,这一调名本此。此调另有《点樱桃》等多种别名,五代冯延巳是最早用此调填词者,《词谱》以其"荫绿围红"一首为正体。

② 蹴:踏。这里指打秋千。

③ 慵：懒。

④ 袜刬：此处指跑掉鞋子以袜着地。金钗溜：意谓快跑时首饰从头上滑下来。

⑤ 倚门回首：此处只是靠着门回头看的意思，不必有何出典，更与"倚门卖笑"无涉。


《全宋词》未收此词；有的版本作苏轼词；有的作周邦彦词；有的作无名氏词。这里依从多数版本作李清照词，并视为其婚前所作，而此见之所出则主要基于以下正反两方面的理由：

先从正面说，此系待字少女李清照歌词创作的常用手法，即其屡演韩偓《香奁集》的有关作品。这首《点绛唇》就是对韩偓《偶见》诗"秋千打困解罗裙，指点醍醐索一尊。见客入来和笑走，手搓梅子映中门"的精心隐括。韩诗写的是一个打秋千打得很困乏的少女，她随手宽衣解开"罗裙"，还点名索要一壶琼浆般的饮料。她看到有客人过来，便带笑向"中门"跑去。躲到暗处后，她一面用手揉搓青梅，一面观察客人的动静。而李词则是一阕生动的自我写照：有次她从秋千横板上跳下，便懒洋洋地擦拭一双娇嫩的小手。那是一个春夏之交的早晨，汗水从轻薄的衣衫里透出，就像柔弱的花枝上沾满了浓密的露珠。正在她自我陶醉并欲宽衣放松之时，猛然间看到来了一位客人，慌忙中竟然跑掉了鞋子，以袜着地飞快地躲到了半掩着的门后，头上的金钗也滑落下来……当她觉得自己的狼狈相已被门户遮住时，便悠闲地倚门嗅梅并调皮地回过头去察看这位不速之客。

再从反面看，即使按照封建卫道者的思路或带有某种偏见的眼光，如王灼所指斥的："（易安居士）作长短句，能曲折尽人意，轻巧尖新，姿态百出。闾巷荒淫之语，肆意落笔。自古缙绅之家能文妇女，未见如此无顾藉也……其风至闺房妇女，夸张笔墨，无所羞畏……"（《碧鸡漫志》卷二）又正好从反面印证这类有涉于"闾巷"的"通俗歌曲"式的小词，顺理成章地出自一向爱赏新生事物的李清照之手。况且这类词又是青年男女真实心态的写照呢！

这首词的意义还在于，其作者不但没有端起大家闺秀的架子，反倒别具一格地向世人展示她作为待字少女的内心世界，比起所演韩诗来多有青蓝之胜。

## 浯溪中兴颂诗和张文潜二首①

五十年功如电扫②，华清花柳咸阳草③。五坊供奉斗鸡儿，酒肉堆中不知老④。胡兵忽自天上来⑤，逆胡亦是奸雄才⑥。勤政楼前走胡马⑦，珠翠踏尽香尘埃⑧。何为出战辄披靡⑨，传置荔枝多马死⑩。尧功舜德本如天，安用区区纪文字。著碑铭德真陋哉，乃令神鬼磨山崖。子仪光弼不自猜，天心悔祸人心开⑪。夏商有鉴当深戒⑫，简策汗青今具在⑬。君不见当时张说最多机，虽生已被姚崇卖⑭。

① 浯溪：水名，在今湖南祁阳西南，北入湘江。此处水清石峻，唐诗人元结在溪畔筑室而居。中兴颂：即元结于唐肃宗上元二年撰写的《大唐中兴颂》。后由唐著名书法家颜

真卿书写碑文,于唐代宗大历六年刻在浯溪石崖上,成《大唐中兴颂碑》。和:和韵。依他人诗词之原韵作诗相和,叫和韵。张文潜:张耒,字文潜,自号柯山,北宋诗人,"苏门四学士"之一。他针对元结《大唐中兴颂碑》所写的一首古体诗,原题为《读中兴颂碑》,此诗刻碑,碑文由苏轼门下另一学士秦观书写。

② 五十年功:指唐玄宗在位期间的功业。玄宗先天元年至天宝十四载在位,实际是四十多年,说五十年,是计其整数。如电扫:形容五十年功业转瞬被毁。

③ 华清:指唐朝建在今陕西临潼城南骊山西北麓的一座宫殿。山下有温泉,唐太宗曾在此建汤泉宫,玄宗时改为华清宫,供其与杨贵妃等游乐避寒。咸阳:秦朝京城,在今陕西西安西北。秦亡,城池被项羽焚毁。此句意谓华清宫犹如当年的咸阳城,转瞬被安史乱军毁灭成为长满野草的废墟。

④ "五坊"二句:五坊,唐时专为皇帝饲养珍禽异兽的官署,分雕坊、鹰坊等五坊。斗鸡儿,此处指专为皇帝斗鸡取乐的少年。此二句意谓唐朝五坊所供养的斗鸡少年,因为得宠,享尽酒色之乐,不知自己会变老。

⑤ "胡兵"句：唐天宝十四载起兵反叛的安禄山是杂种胡人，所率部卒多为少数民族，故被称为胡兵。安禄山叛军曾接连攻下唐之东京洛阳和西京长安，来势突兀，像是从天而降。

⑥ 逆胡：指唐营州柳城（今辽宁朝阳一带）人安禄山。奸雄：奸人的魁首，奸诈欺世的野心家。

⑦ 勤政楼：勤政务本楼的简称。唐玄宗常在此宴饮。

⑧ 珠翠：此处当代指宫中宝物和妇女首饰及其带香味的化妆品。此句意谓由于唐朝宫殿遭到叛军兵马的践踏，珠翠丢弃在地，尘土为之变香。

⑨ 披靡：形容军队溃败，不能立足。

⑩ "传置"句：《新唐书·杨贵妃传》载杨贵妃嗜食南海鲜荔枝，乃置骑传送数千里至京师。又东汉和帝时，南海以快马驰送龙眼荔枝，死者满路。见《后汉书·和帝纪》。传置，古代沿途分段置马的驿站。

⑪ "悔祸"句：天意不再降灾，人心为之欢畅。

⑫ 夏商有鉴：《诗·大雅·荡》以"殷鉴不远，在夏后之世"的结穴之句，告诫厉王。此句隐括《荡》诗之意，谓夏桀、殷纣灭亡的教训，后世应当引以为戒。

⑬ 简策：编连成册的竹简。汗青：古代在竹简上书写，先用火烘烤竹青，使其出"汗"，取其易书，并可免虫蛀，谓之"汗青"。简策、汗青，在此句中当指史书。

⑭ "君不见"二句：张说，唐时洛阳人，累官中书令，封燕国公。多机，谓很有心计。姚崇，唐玄宗时的贤相。


君不见惊人废兴传天宝①，中兴碑上今生草。不知负国有奸雄，但说成功尊国老②。谁令妃子天上来，虢秦韩国皆天才③。苑桑羯鼓玉方响④，春风不敢生尘埃⑤。姓名谁复知安史⑥，健儿猛将安眠死⑦。去天尺五抱瓮峰⑧，峰头凿出开元字⑨。时移势去真可哀⑩，奸人心丑深如崖⑪。西蜀万里尚能返⑫，南内一闭何时开⑬。可怜孝德如天大⑭，反使将军称好在⑮。呜呼！奴辈乃不能道辅国用事张后尊，乃能念春荠长安作斤卖⑯。


① 废兴：指玄宗在位时的开元、天宝年间的太平盛世因安史

叛乱走向衰败。天宝：唐玄宗李隆基的年号。

②"不知"二句：意谓唐朝廷用为平叛功臣歌功颂德来掩盖其不能识别和警惕安、史之类奸雄的过失。国老，旧谓卿大夫致仕者，即告老回家的功臣元勋。

③"谁令"二句：妃子，指玄宗所封贵妃杨玉环。虢秦韩，杨贵妃的三姐被封为虢国夫人，大姐封为韩国夫人，八姐封秦国夫人。天才，指有才貌。此二句意谓杨贵妃像从天而降一样，杨氏姊妹出入宫廷，势倾天下，是谁给予她们这样大的恩宠呢？

④ 羯鼓、方响：均为打击乐器。相传唐玄宗善击羯鼓。《羯鼓录》谓羯鼓以山桑木为之。此句意谓羯鼓鸣、方响奏，好一派歌舞升平的热闹景象。

⑤"春风"句：此句意谓唐玄宗无心国事、极尽享乐之能事，连春风都不敢扬起尘埃。

⑥"姓名"句：意谓朝廷缺乏必要的洞察力，不能认清安、史之流的真面目。一说"安史之乱"已成陈迹，叛军头目的姓名有谁知晓。

⑦"健儿"句：此承上文之意，谓朝廷上下文恬武嬉，将士不是在战事中死得其所，而是在骄奢淫逸中终其一生。一说平

叛将士安眠地下,不为世人所知。

⑧ 去天尺五:极言山峰之高峻。抱瓮峰:即华山瓮肚峰。

⑨ "峰头"句:据载,唐玄宗想在华山云台观抱瓮峰上,凿出"开元"二大字,填以白石,使百余里外都能望见,后纳谏而止(见《开天传信记》)。此句意谓唐玄宗好大喜功,极力宣扬"开元"盛世。

⑩ 时移势去:指唐肃宗即位,唐玄宗失去皇位,亦失去昔日的权势。

⑪ 奸人:指肃宗时专权的太监李辅国之辈。

⑫ "西蜀"句:"安史之乱"时唐玄宗逃往四川(西蜀),叛乱平定后返回长安。

⑬ 南内:唐都长安有大内、西内、南内。南内在大内以南,本为李隆基旧邸,开元二年名为兴庆宫。开元十六年,玄宗在此听政。自西蜀返回后曾住原处。因此处临街,便于对外联系。为使玄宗与外界隔绝,李辅国以肃宗旨意为名,强迫玄宗迁往西内,将南内关闭。此承上句,意谓玄宗被幽禁于深宫。

⑭ "可怜"句:此句用反语讥讽唐肃宗之大不孝。

⑮ 将军:指唐玄宗的太监高力士,其在开元、天宝年间曾任右

监门卫将军和骠骑大将军。好在：好否，慰问之词。此处
所隐括的是这样一段记载：肃宗太监李辅国逼迫玄宗迁居
时，玄宗扈卫只有老弱二三十人，而李之部伍却兵刃辉日，
"上皇（玄宗）惊，几坠。高力士曰：'李辅国何得无礼！'叱
令下马……力士因宣上皇诰曰：'诸将士各好在！'将士皆
纳刃，再拜，呼万岁。力士又叱辅国与己共执上皇马鞚，侍
卫如西内，居甘露殿……"（《资治通鉴》卷二二一）。次
日，李辅国即构陷高力士等人，并将其充军远恶之地。此
句紧承上句，意谓身为一国之君的唐肃宗竟如此不孝，反
不及名为将军实为奴才的高力士，对上皇极尽扈卫之责。

⑯ "奴辈"二句：奴辈，指太监高力士，其身分等于奴仆。辅
国，即李辅国，唐肃宗时的太监。张后，即肃宗的皇后张良
娣。"皇后（张后）宠遇专房，与中官李辅国持权禁中，干预
政事，请谒过当。帝颇不悦，无如之何。"（《旧唐书·肃宗
张皇后传》）此二句意谓，令人叹息的是奴才高力士，不敢
说李辅国、张皇后专权用事这样带有政治色彩的话，只能
拿"春荠"说事。


此诗的题目虽云"和诗二首"，实则二者是浑然一

体的,讲的是一回事。至于对诗旨的理解,以往多有拔高之嫌,比如认为此诗的批判锋芒是指向权奸和宋徽宗的腐朽统治。实则李清照写此诗时,赵佶尚未称帝,至多是刚刚登基;作者本人也陶醉在良辰、美景、赏心、乐事之中,即使已有某些潜在的社会危机,是时只有十六七岁的李清照如何能够洞察?平心而论,这首诗虽然相当尖锐地指出了唐玄宗失政误国的深刻教训,但还只是一首针对唐朝的咏史诗,其令人惊喜之处,主要在于作者的史识过人和才华出众。

首先,与张文潜的"原唱"相比,李清照不再重弹"女色亡国"的老调。对于大唐兴废之由,李诗公正地归结为朝政腐败、奸雄得志。但是作者也没有忽视"六军不发"的导火线是杨家兄妹,从而避开了处处为"贵妃"开脱的另一极端。

其次,诗人认为像尧舜那样功德大如天的帝王,不必用区区文字加以记载,其德泽自在人心。"安史之乱"本是唐王朝咎由自取,所谓"中兴"本不值得歌颂,元结不但撰文歌颂,还令人以鬼斧神工之技刻在山崖上，那样做真是浅陋之至。

第三，作者认为平叛的成功，不只是哪一位将帅的雄才大略所致，而主要是因为主帅郭子仪和李光弼之间，不是彼此猜忌，而是劲往一处使。如果像姚崇和张说那样互相猜疑、暗算，工于心计，自己也难免不落入别人的圈套。第一首诗的最后两句"君不见当时张说最多机，虽生已被姚崇卖"，这是李清照对《明皇杂录》这样一段故事的隐括——姚崇临终前对儿子说："张说与我不和，且为人奢侈。作为同僚，我死后他必来相吊，你们就将我平生的珍宝陈列出来，如果他不加顾视，便凶多吉少；如果他盯住这些宝物，就赶紧把这些东西送给他，并请他给我作神道碑文。他作的碑文一送来，你们一面速奏朝廷，一面立即刻石。等到他几天之后醒悟过来，事已迟了。"姚崇死后，张说前往吊唁时，果然对姚家所陈之物再三顾视，姚子遂按其父所嘱办理。张说在为姚崇所写的神道碑文中，对其功德倍加称颂。不几日，张说果然差人到姚家，以措辞欠周为由，要将碑文取回修改。姚子便陪来人观看已经刻石的碑文，并说此文已上奏朝廷。听了使者的回话,张说才知道自己又被姚崇算计了。这段故事,既不见于正史,也与史实不符。李诗用此典事,想必是李清照有感于朝臣间的互相倾轧。当时她本人虽然尚未受到党争株连,但是她的父亲以及她的前辈文友晁补之、张耒等,均曾因作为追随苏轼的旧党吃过苦头。

第四,不仅作者的"史识"可嘉,其诗艺亦很高,几无一句不体现出诗人卓越的见解和凝练的笔力。如第二首的最后一句"乃能念春荠长安作斤卖",乍一看只是一句出自野史的闲话,实际却包含着很微妙的历史内容。它说的是宦官高力士,玄宗时他权力很大,四方奏事都要经过他的手。肃宗做太子时,曾以兄礼事之。外将内相如安禄山、李林甫、杨国忠等,也都曾与他串通一气。"安史之乱"时,他扈从玄宗入川,又扈从回到长安,功劳不可谓不大。但随着玄宗的失势,他竟被放逐到遥远的巫州。在那里他看到院落中生长的荠菜,当地人不知能吃,遂生身世之叹,口吟道:"两京作斤卖,五溪无人采。夷夏虽不同,气味终不改。"(《旧唐书·高力士传》)等到宝应元年遇赦回到长安时,玄宗父子已相继去世,这个七十九岁的老奴也痛哭而卒。在这里,李清照的艺术才能,在于她能把皇室内部的最高权力之争,通过高力士的身世变迁,表现得既含蓄又透彻。

## 渔 家 傲①

　　雪里已知春信至,寒梅点缀琼枝腻②。香脸半开娇旖旎③,当庭际、玉人浴出新妆洗④。　　造化可能偏有意⑤,故教明月玲珑地⑥。共赏金尊沉绿蚁⑦,莫辞醉、此花不与群花比。

① 渔家傲:晏殊调寄《渔家傲》(画鼓声中昏又晓)一词中有"神仙一曲渔家傲"句,《词谱》取为调名。据宋元人的诸多描绘,这是一种响遏行云声情高昂的词调。

② 寒梅:此指蜡梅。花芳香,外部黄色,内部紫褐色。冬末先叶开花,产于我国各地,是著名的观赏花木。常见写作"腊

梅"者,或因其腊月开花的缘故。琼枝腻:梅枝清瘦,着雪
而丰腴。腻:肥。

③ 旖旎(yǐ nǐ):柔和美好。

④ 玉人:美人。这里喻指梅花。

⑤ 造化:指天地、自然界。

⑥ 玲珑:明澈。

⑦ 绿蚁:酒的代称。


这首《渔家傲》是李清照现存八九首"梅"词中,最
早创作的两首欢愉之辞之一,另一首是秋千词《点绛
唇》。但此首所咏不是隶属蔷薇科的果梅或"春梅",而
是属于蜡梅科的蜡梅,而蜡梅并不是梅的别种。鉴于古
典诗词中常常将二者混淆,特加辨析,以免误会。

此首所咏虽属可以在我国各地生长的蜡梅,但词亦
当作于词人出嫁前夕所在的汴京。此时此地,她的父亲
官礼部员外郎,翁舅做吏部侍郎,她又是神宗朝已故王
珪宰相的外孙女,家庭环境相当优裕,好花美酒任其享
用,身价地位几无伦比,其自矜自得之意,溢于言表,以

"香梅"自况之意甚明，是时可谓良辰、美景、赏心、乐事四者兼并。

上片的"香脸半开"一语双关，它兼指蜡梅的含苞欲放和如花美女的即将"开脸"出嫁。女子出嫁前几天，用线绳将脸上的寒毛绞净、将鬓角修齐，叫做"开脸"。将这一民俗摄之入词，使"拟人"这一修辞方式更加生活化，使蜡梅所幻化成的"玉人"，也就更加逼近了作者本人的身世现状，使雪中报春的蜡梅更加人格化，词作也就更具韵味。

下片的"造化可能偏有意"和"此花不与群花比"二句，其表层语义是蜡梅得天独厚，无与伦比地胜过其他花卉，而深层语义当是指姣好无比、出人头地的作者自己。

此作不是《漱玉词》的名篇，其中也没有脍炙人口的名句，但它在咏梅作品中却有着承祧前人和启迪后人的特殊作用。林逋大约是李清照曾祖辈的咏梅名家，他的《梅花》诗，特别是其中的"天与清香似有私"，岂非"造化可能偏有意"之所本？而林氏另一首《山园小梅》尾联的"幸有微吟可相狎，不须檀板共金樽"，又被她反意隐括为"共赏金尊沉绿蚁"诸句。

王十朋可算是李易安的儿孙之辈,其五绝《红梅》"园林尽摇落,冰雪独相宜。预报春消息,花中第一枝",说它由这首《渔家傲》脱胎,恐不是无稽之谈。至于善效"易安体"的辛稼轩,其调寄《念奴娇》的"题梅词",于李之同类词正反均有借取。

本来,文学创作上的承前启后不是新问题,但具体到李清照咏梅之作的研究,它还是一片未经开垦的处女地,如果加以精耕细作,定会有更大的新收获。


# 鹧 鸪 天①

暗淡轻黄体性柔,情疏迹远只香留。何须浅碧深红色,自是花中第一流。　　梅定妒,菊应羞,画阑开处冠中秋②。骚人可煞无情思,何事当年不见收③。


① 鹧鸪天:又名《思佳客》、《第一花》等。虽然明杨慎《词品》

卷一说，这一调名是取自唐郑嵎诗的"春游鸡鹿塞，家在鹧鸪天"，但是这一词调中的名作，除了晏幾道的首句作"彩袖殷勤捧玉钟"一整首，还有辛弃疾的"壮岁旌旗拥万夫"全词及结拍两句为"城中桃李愁风雨，春在溪头荠菜花"等等同调词的诸多佳篇佳句。

② "画阑"句：化用李贺《金铜仙人辞汉歌》"画栏桂树悬秋香"句意，谓桂花为中秋时节首屈一指的花木。

③ "骚人"二句：取意于陈与义《清平乐·木犀》"楚人未识孤妍，《离骚》遗恨千年"句意。"骚人"、"楚人"均指屈原。可煞，疑问词，犹可是。情思，情意。何事，为何。此二句意谓《离骚》多载花木名称而未及桂花。

　　此系咏桂词。大约作于词人结婚前后不久，其旨当是以桂的色淡香浓隐喻人的内美之可贵——别看桂花貌不惊人，而它的清高和甜香，足以使其成为"花中第一流"。此意溢于言表，不难解读。不易读出的是这样一种深层寓意：即词人自知其出身并不显赫，比起朝廷中的诸多名公大臣，她一直深感其父、祖的地位是低下的，就像是自然界的岩桂，虽然其名位不能与御花园中的"浅碧深红色"的牡丹、芍药相比,但它的清高脱俗、宜人香气,以及它作为八月佳节的应时之花,又足以使其成为中秋之冠,招致失期之梅和晚开之菊的种种妒忌。

尚需略作解释的是,在这里词人并不是要贬低她一向钟情的梅、菊,也不意味着她家的门第仍然多么低下,而是她想通过对以香取胜的桂花的褒奖,暗示其自身内美之所在。

对于此词最后两句曾有论者解释为:李清照是在借咏花发泄自己才能被埋没和对社会的不平。看来实情未必如此。首先,她的才能并未被埋没,相反已名满京城;其次,对于当时的一个少女或新妇来说,不大可能具有经世致用之想。况且,正在优雅地体察桂花的她,心中会有何不平呢? 其实际情形有可能是:鉴于当时境况的顺心如意,此时的李清照,在创作上颇有点初生牛犊不怕虎的意味,其所谓"骚人可煞无情思,何事当年不见收",这或许是她曾自信地以为:屈原的"审美"情趣不如自己,竟然没有把桂花写进注重内美的《离骚》!

总之，此词自始至终表达的是作者得意自负的心态和情绪，在当时还谈不上她对"社会"有何不平。

## 减字木兰花①

卖花担上，买得一枝春欲放②。泪染轻匀，犹带彤霞晓露痕③。　　怕郎猜道，奴面不如花面好④。云鬓斜簪⑤，徒要教郎比并看⑥。

① 减字木兰花：有时简称《减兰》，又名《木兰春》等。双调44字，即就宋词《木兰花》的一、三、五、七句各减三字。上下阕各二句仄韵转二句平韵。《词谱》卷五所列此调是欧阳修所作首句为"歌檀敛袂"。李清照此词悉同欧法。

② 春：此处是春意盎然的意思。

③ 泪：指形似眼泪的晶莹露珠。

④ 奴：作者自称。

⑤ 云鬓：形容鬓发多而美。

⑥ "徒要"句：意谓自己比花更好看。徒，只、但。郎，在古代

既是妻子对丈夫的称呼,也是妇女对其所爱男子的称呼。这里当指前者。比并,对比。

此词可能写于作者新婚不久,或蜜月初度之际,最晚写于词人结婚后一年之内。生活是文艺的源泉。沐浴在爱河中的李清照,在她婚后最初一段时间的词作,几乎是清一色的闺房昵意、伉俪相娱。但由于好景不长,这类"欢愉之辞"为数很少,现存只有这首《减字木兰花》和另一首《瑞鹧鸪》。而这两首又是历来很有争议的词,以前者为例,词人仿佛是秀才遇到"兵",她的这类作品时而被斥为浅俗不堪,时而被剥夺了著作权,来回都是她吃亏。

对李清照的词极尽攻击之能事者,莫过于王灼及其《碧鸡漫志》(卷二),但却道出了一个事实,即《漱玉词》中确有部分所谓浅俗轻巧之作,这一首就较典型。问题是对这类具有所谓闾巷、市井意味的作品,今天不应再多所非议。"女为悦己者容",主人公为取悦于新郎,故意让他品评:是带露的红花好看,还是新娘的如花容颜更美。作为"闺房之事"，新娘此举不为过分，亦无甚低俗可言。时至今日，不应再以类似于道学的面孔，将此类词弃置于《漱玉词》之外。因为这类词比正统的"易安体"，更能体现词人对于旧礼教的漠视，而这种漠视本身，正是一种新进思想意识的体现，从今天的角度看，更是词人"压倒须眉"（李调元《雨村词话》卷三）之处。

这首词下片的"云鬓斜簪"所包容的意蕴，在作者四十五岁，于江宁（今南京）所作《蝶恋花·上巳召亲族》结拍二句的"醉莫插花花莫笑，可怜春似人将老"中，得到了反意照应。进而发现，《漱玉词》的立意，往往在时隔多年后，尚有前后照应，如《清平乐》（年年雪里）既是对此首，也是对《诉衷情》（夜来沉醉卸妆迟）有关揉搓"残蕊"诸句的照应。这不又从另一角度印证此词应为李清照所作吗？

## 二、汴京泣别和党争株连(1104—1105)

　　在赵明诚和李清照结婚的第二年,当得知对她和丈夫来说极有纪念意义、仅使用了不到一年的"建中靖国"的年号改为"崇宁"时,眼光尖利思想敏锐的李清照惟恐这是一种不祥的征兆。果不其然,这是党争加剧、旧党失势的开始。李清照的父亲李格非因为以文章受知于苏轼,被称为"苏门后四学士"之一,又因李格非极为崇敬和忠诚于苏轼,拒绝过新党人物的笼络而未曾对苏轼落井下石。此时新账旧账一起算,李格非被编为以已故苏轼为首的"元祐奸党",从而被罢黜出京城。与此同时,朝廷又连下二苛诏,分别为:"宗室不得与元祐奸党子孙为婚姻""尚书省勘会党人子弟,不问有官无官，并令在外居住，不得擅到阙下"。尽管李清照受党争株连的可能性和必然性并不仅仅是来自与此二苛诏中所规定的"政策"直接挂钩，尽管作为已经"泼出去的水"而成为赵家新妇的李清照不一定是本来意义上的"党人子弟"，尽管赵家不一定算作严格意义上的"宗室"，而主要当因为与苏轼私怨很深的翁舅赵挺之此时连升三级、大权在握，为此李清照曾上诗赵挺之说"何况人间父子情"，意欲借重翁舅援救其父，但却落了个"炙手可热心可寒"的结局。事已至此，回乡暂居以避赵家冷眼，未必不是自幼刚强自重的李清照的被迫选择……

　　如果不是由于新旧党争所导致的政治高压和人情浇薄，面对志同道合的如意郎君，李清照是绝对不会作这种劳燕分飞之别的。由于已往论者未能觉察到李清照在新婚不久所写离情词之真谛，遂附会为赵明诚"负笈远游"云云。在本书"导言"中既已说明不是赵明诚而是李清照被迫泣别汴京，这就为《一剪梅》、《醉花阴》和《行香子》等作品的创作找到了较可靠的生活、心理依据和较合理的时空环境。

　　大致写于同一段时间的《玉楼春》等，其写作空间又不像是作者的原籍明水，而基本可以肯定是在汴京。这是为当时廷争的特点所决定的。这种特点可大致概括为：朝廷争斗难得知，回黄转绿无定期。先是新旧两党的较量，对立的双方主要是赵挺之和苏轼。随着旧党靠山神宗之母高太后和哲宗之母向太后的相继亡故，在"元祐奸党"及其亲属子弟一蹶不振之后，朝廷的争斗便转为同在新党旗号下、又都是宋徽宗亲信人物之间的较量。这时的对立面就是崇宁年间的左右相蔡京和赵挺之。而昏君赵佶不是依据左右相的是非功过加以取舍，却主要是听信谗言和依据气候、天象行事。比如当蔡、赵之争趋于白热化时，为了避免蔡京的暗害，赵便辞职准备回乡。在行囊都打点好了之后，突然彗星出现，赵佶遂遽下罪己诏，罢免蔡京，挽留并擢升赵挺之为独相。蔡京下野后，久旱降雨，赵佶便对赵挺之无比亲昵，以至附耳悄语；在善用机巧的蔡京反败为胜时，赵挺之只得靠边站，甚至倒大霉。在崇宁后期，李清照的命运在一定程度上当为蔡、赵之争所左右。赵挺之炙手可热时，李清照或回原籍以避气焰；在形势于赵家不利时，赵挺之或有借重亲家声名之想，李清照就有可能被"请"回汴京。直到崇宁末年，太白昼现，又因由赵佶亲笔书写的树立于官中端礼门的"元祐奸党"名单的石碑遭雷击之后，赵佶慌忙下诏，解除党人一切之禁，李清照才得以彻底解脱，从原籍回到汴京府司巷御赐丞相府邸。这也当是《玉楼春》等作品写作的远近背景。

# 一　剪　梅①

　　红藕香残玉簟秋②，轻解罗裳，独上兰舟③。云中谁寄锦书来④，雁字回时，月满西楼。　　花自飘零水自流，一种相思，两处闲愁。此情无计可消除，才下眉头，却上心头⑤。

① 一剪梅：这一调名虽然被认为出自周邦彦同调词的"一剪梅花万样娇"，《词谱》又将其与吴文英的"远目伤心楼上

山"同列为正体,但是其又名《玉簟秋》则当源于李清照此词之首句。事实上,以此调所作的宋词中,恐怕难以找到比李清照的这一首和蒋捷的"一片春愁待酒浇"更好的同调词了。

② 玉簟秋:意谓时至深秋,精美的竹席已嫌清冷。

③ 兰舟:一说据《述异记》卷下,称木质坚硬有香味的木兰树是制作舟船的上好材料,诗家遂以木兰舟或兰舟为舟之美称;一说"兰舟"特指睡眠的床榻(详见下文)。这里似宜从后说。

④ 锦书:对书信的一种美称。《晋书·窦滔妻苏氏传》云:苏蕙织锦为回文璇玑图诗,以赠其被徙流沙的丈夫窦滔。这种用锦织成的字称锦字,又称锦书。

⑤ "此情"以下三句:或取意于范仲淹《御街行》的"都来此事,眉间心上,无计相回避"。而此三句却被认为"李特工耳"(王士禛《花草蒙拾》)。

现在看来,关于此词的写作契机,并非像托名元伊世珍所云:"易安结缡未久,明诚即负笈远游。易安殊不忍别,觅锦帕书《一剪梅》词以送之。"(《琅嬛记》卷中引《外传》)缘由如下：

首先，赵、李"结褵"前后，赵明诚在太学做学生。"负笈"是读书，太学在汴京，他无须"远游"求学。所以不像是赵明诚离京外出，如前所云可能性更大的是李清照被迫泣别汴京。

其次，李清照《〈金石录〉后序》所说"（赵明诚）出仕宦"，对此不能理解为他到远方去做官，而只是说在赵、李新婚的前两年，丈夫仍然在太学做学生，后来从太学毕业，走上了仕宦之路。"出仕宦"，就是出来做官的意思。

第三，有史可循的是，赵明诚作为时相赵挺之的幼子，于崇宁四年（1105）十月，以荫庇被擢为鸿胪少卿这一京中清要之职。翌年仲春，赵明诚不仅仍在汴京，且在鸿胪直舍。此事有他留存至今的《跋〈集古录〉跋尾四》的珍贵手泽为证。

第四，基于以上缘由，这首《一剪梅》，也就不是那种一般的思妇念远的离情词，而是寓有政治块垒的新婚之别！"此情无计可消除，才下眉头，却上心头"，之所以成为具有青蓝之胜的传世名句，当是由词人的独特遭遇、独特思想情怀凝结而成的，是其特定心理状态的外化。

对于此词文本，有一种理解颇可关注以至于信从，其说云："……词的上片描叙抒情环境，'红藕香残'暗写季节变化；'玉簟秋'谓竹席已有秋凉之意；'雁字回时'为秋雁南飞之时；'月满西楼'，西楼为女主人公住处，月照楼上，自然是夜深了。若以'兰舟'为木兰舟，为何女主人公深夜还要独自坐船出游呢？而且她'独上兰舟'时，为何还要'轻解罗裳'呢？这样解释显然与整个环境是矛盾的。清照有一首《浣溪沙》（应为《南歌子》）与《一剪梅》的抒情环境很相似，其上阕云：'天上星河转，人间帘幕垂。凉生枕簟泪痕滋。起解罗衣，聊问夜何其。''凉生枕簟'与'玉簟秋'，'起解罗衣'与'轻解罗裳'，'夜何其'与'月满西楼'，两词意象都相似或相同。两词的上片都是写女主人公秋夜在卧室里准备入睡的情形。此时她绝不可能忽然'独自坐船出游'的。'兰舟'只能理解为床榻，'轻解罗裳，独上兰舟’，即是她解卸衣裳，独自一人上床榻准备睡眠了。
‘玉簟秋’乃睡时的感觉，听到雁声，见到月光满楼，更
增秋夜孤寂之感，于是词的下片抒写对丈夫的思念便是
全词意脉必然的发展了。"（《百家唐宋词新话》第
291—292 页）


## 醉　花　阴①

　　薄雾浓云愁永昼，瑞脑销金兽②。佳节又
重阳③，玉枕纱厨④，半夜凉初透。　　东篱把
酒黄昏后⑤，有暗香盈袖⑥。莫道不销魂⑦，帘
卷西风，人似黄花瘦。


① 醉花阴：在词史上，多以毛滂和李清照的这一同调词为代
　　表作。其实在略早于李清照的毛滂之前，舒亶、仲殊早已
　　用此调填词。在李清照之前，同时，以及稍后，虽然共有十
　　馀首《醉花阴》，但是在立意、题旨上，李清照此词所步武的
　　则是张耒《秋蕊香》（张耒词云："帘幕疏疏风透，一线香飘

金兽。朱阑倚遍黄昏后,廊上月华如昼。　　别离滋味浓于酒,惹人瘦。此情不及墙东柳,春色年年如旧。")

② 瑞脑:香料名,即龙脑。金兽:这里指兽形的金属香炉。

③ 重阳:农历九月九日为重阳节,又称重九。曹丕《九日与钟繇书》:"岁往月来,忽复九月九日。九为阳数,而日月并应,俗嘉其名,以为宜于长久,故以享宴高会。"

④ 纱厨:厨形的纱帐,夏秋以避蚊虫。

⑤ 东篱:语出陶潜《饮酒》诗二十首其五:"采菊东篱下,悠然见南山。"

⑥ 暗香盈袖:或取意于《古诗·庭中有奇树》"馨香盈怀袖,路远莫致之"等句。

⑦ 销魂:古代把人的精灵叫做"魂"。因过度刺激而神思茫然,仿佛"魂"将离体。常用于形容悲伤愁苦时的情形。

关于这首词,至今传诵着一个令人解颐的生动故事:"易安以重阳《醉花阴》词函致明诚。明诚叹赏,自愧弗逮,务欲胜之。一切谢客,忘食忘寝者三日夜,得五十阕,杂易安作,以示友人陆德夫。德夫玩之再三,曰:'只三句绝佳。'明诚诘之。曰:'莫道不销魂,帘卷西

风，人似黄花瘦。'政易安作也。"（《琅嬛记》卷中引《外传》）

故事讲得很轻松，殊不知李清照在原籍以此词寄赠远在汴京的丈夫时，心情是多么沉重，用心有多么良苦！词的上片结拍二句"玉枕纱厨，半夜凉初透"，是极有可能引发物议的"闺房之事"。词人之所以写进其力主雅洁的词中，莫非是想以"曾经沧海"的夫妻亲情感化丈夫，令其"勿忘我"？

词的下片堪称绝妙无比，由此所派生的"黄花比瘦"的词坛掌故，不胫而走。或因此词被广泛传抄之故，鲁鱼亥豕，讹误异文甚多。其他舛误和异文，在流传过程中已被更正和淘汰。而"人似黄花瘦"，至今仍被不少版本似是而非地写作"人比黄花瘦"。"似"与"比"是一处重要异文。《漱玉词》最早的好版本《乐府雅词》卷下分明写作"似"；元、明以前的载籍，如《琅嬛记》卷中所引《外传》等等，此句亦多作"人似黄花瘦"。

本书之所以取"似"字，除了从版本上择善而从以外,更考虑到词的立意:在这里,作者不是要把"人"(词人自指)和"黄花"对立起来,而是将"黄花"拟人化,二者是合二而一的。对于"黄花"和"人",作者并非要作"程度"上的对比。因为新婚不久,年方二十一二岁的词人,犹如"重九"之日的应时"黄花",此时它刚刚开放,不但尚未消瘦,而且还"有暗香盈袖"。此处的言外之意,似乎是在说:如果党争的"西风"不止,它卷帘而入,使自己继续受株连,不能回京与丈夫团聚,那么自己的命运,也会像自然界"西风"中的"黄花"一样,不堪设想!所以"帘卷西风,人似黄花瘦"二句,似可释为:自己被迫离京而产生的离愁别恨对于"人"的折磨,犹如风霜对"黄花"的侵袭,党争的忧患给主人公所带来的体损神伤,就像"黄花"将在秋风中枯萎一样。

如此说来,使词人为之"销魂"的,不仅是离愁和悲秋,那只是一种幌子。词人心中真正的块垒是党争对她的株连。其借"东篱把酒"所抒发的主要是对自己未来命运的喟叹。

# 玉 楼 春①

红酥肯放琼苞碎②，探著南枝开遍未③。
不知酝藉几多香④，但见包藏无限意。　　道
人憔悴春窗底⑤，闷损阑干愁不倚。要来小酌
便来休⑥，未必明朝风不起⑦。

① 玉楼春：此调又名《木兰花》、《玉楼春令》等。对此调名的
来源，有至今仍未达成共识的多种不同说法。一说源自唐
白居易《长恨歌》的"玉楼宴罢醉和春"；一说则以为因顾敻
词有"月照玉楼春漏促"、"柳映玉楼春日晚"之句而取为调
名；一说还认为早于顾敻的牛峤词已名《玉楼春》，顾敻只
是取此调名以入词而已。

② 红酥：此处指色泽滋润的红梅。琼苞：像玉一样温润欲放
的鲜嫩梅蕊。

③ 南枝：向阳的梅枝。未，表示询问。

④ 酝藉：《汉书·薛广德传》："广德为人，温雅有酝藉。"谓传
主宽和有涵容，而在此词中与下句的"包藏"意思相近。

⑤ 道人：苏轼诗喜用"道人"而含义各不相同。《漱玉词》深受苏轼诗的影响于此可见一斑。至于对此词中"道人"的解释约有以下数种：一是"道人"二字均系作者自指；二是"人"为作者自指，"道"是别人这样说我、议论我的意思；三是"道人"是"知人"或"见人"的意思。这里拟采取第三种解释：即红梅看见词人的憔悴，知道她的内心苦衷。憔悴，形容困顿、萎靡的样子。

⑥ 小酌：指比较随便的宴饮。休：语助词，含有"啊"的意思。便来休：招呼对方说："快来啊！"

⑦ "未必"句：或云此句用典见白居易《花前欢》："欲散重拈花细看，争知明日无风雨"；北宋孙明复《八月十四夜》："清尊素瑟宜先赏，明日阴晴未可知。"

　　《漱玉词》中，有一种现象发人深思，即在李清照现存可靠和较可靠的约五十首词中，咏物之作几占半数。咏物词中，又以专事咏梅者篇目最多。《静志居诗话》卷十八曾论及此词结拍二句云其"皆得此花之神"。此说意谓：李清照的此二咏梅之句，犹如林逋、苏轼等人的咏梅名作，都能领略梅的神韵。其实李清照此词更可谓"伤心人别有怀抱"！因为梅不仅是她词作的主要吟咏对象,还是她最好的朋友,以至是她本人的化身。其状梅之语,多系喻己之辞。凡是不便明说的心里话,便托咏梅以出之。梅的命运几乎与《漱玉词》作者的命运合而为一。关于李清照之平生命运,前文已有所涉及,在其花好月圆之际,所作无一不是"欢愉之辞";而在其受到新旧党争株连和被封建婚姻制度折磨得痛苦不堪时,恰如梁启超所见,其"茕独凄惶的景况",或是"咬着牙根咽下"(出处见后文),或是淌着热泪倾诉。鉴于此词基调之悲苦程度,可见系作于其家庭发生变故之后的一段时间。

至于此词的写作空间,不妨从梅之为物说起。无论蜡梅或春梅,其花均有较高的鉴赏性,而春梅除了其在"花月正春风"中可供观赏外,早在上古人的生活中,梅的果实即被视为"和羹",它甚至被比拟为朝廷政要中的宰相,起着调和上下左右各种关系的举足轻重的作用;在饮食烹调中,梅子与食盐类似,均为不可或缺的调味品。在李清照看来,备有美酒酸梅的宴席才是"恰称人怀抱"的理想家宴。

但是这种佐餐之梅,在我国唐代以后的北方逐渐难以自然生长。据竺可桢的有关论著记载,唐代以前,黄河流域下游遍地有梅树生长。相传李隆基即因其妃子江采蘋居处多梅而赐名梅妃。嗣后二三十年,元稹曾写过《赋得春雪映早梅》等诗,可证长安曲江一带仍有梅树生长。梅属亚热带植物,只能抵抗到$-14℃$的寒冷。或许因此,《扪虱新话》下集卷一才有这样一段令人解颐的记载:"北人不识梅,南人不识雪,盖梅至北方则变而成杏,今江、湖、二浙,四五月之间,梅欲黄落而雨,谓之梅雨,转淮而北则否,亦地气然也。语曰南人不识雪,而道似杨花,然南方杨实无花,以此知北人不但不识梅,而且无梅雨……"

大约中唐以后,气候逐渐转冷,梅在北中国的许多地方已难以越冬。在李清照的原籍今济南一带,北宋时赏梅已成了稀罕之事,比如苏轼,他曾对在熙宁末年路过济南被邀赏梅之事念念不忘。李清照从出生到十五六岁之前,一直生活在今之山东,她自然也"不识梅"。

所以这首词不可能写于其原籍,而是写于京都一带。因为那时在长安和洛阳等地的皇家花园和富人府邸中,仍有春梅绽放。宋人笔记《曲洧旧闻》说,许昌、洛阳等地有江梅、绿萼梅等优良品种栽培。

所以这首词大约作于宋徽宗崇宁前期、新旧党争反复无常之时;写作地点可能是汴京的词人娘家老屋。这年春天,她的心情很不好,面色憔悴,打不起精神。回到娘家,一头扎在她作女儿时的闺房,大地回春也懒得出门。因为自己愁闷不堪,尤其不愿再去凭栏眺望。但是对于小院中那株红梅,却一直像老朋友一样放在心上,并时不时地前去探望。

有一天,她发现红梅在刹那间,从花苞中绽放了亮丽的笑脸,仿佛在急于表达它对词人的"无限"情谊。这首《玉楼春》不是那种咏物而滞于物的咏物词,而是词人把梅作为自己患难与共的朋友,向它倾吐她的内心隐秘。而此梅又仿佛是她"心有灵犀一点通"的知己。它看到窗前的她如此憔悴,竟没有心思倚栏观景。它便招呼她说:"快过来一起饮一杯酒罢,说不定明天风暴一起,你我都有可能大祸临头啊!"

所以,此词的题旨,当是借对红梅未来命运的关注,寄寓了作者本人因受新旧党争株连,朝不保夕的身世之叹。

## 行 香 子①

草际鸣蛩②,惊落梧桐,正人间、天上愁浓。云阶月地③,关锁千重。纵浮槎来,浮槎去,不相逢④。 星桥鹊驾⑤,经年才见,想离情、别恨难穷。牵牛织女⑥,莫是离中。甚霎儿晴,霎儿雨,霎儿风⑦。

① 行香子:又名《爇心香》。"行香"原为拜佛仪式,"爇"是点燃。一说这一调名本意为燃香做道场(详见《演繁露》)。虽然在苏轼之前的杜安世、晏几道(一说王辅之),或与苏轼同时及稍后的王诜、晁补之等都以此调填过词,而对此词产生影响的,当首推苏轼的同调词。这首词有的版本题

作《七夕》，与词中所写的"牛女"故事相合。

② 蛩：蟋蟀。

③ 云阶月地：指天宫。语见杜牧《七夕》诗。

④ "纵浮槎"三句：张华《博物志》记载：天河与海可通，每年八月有浮槎，来往从不失期。有人矢志要上天宫，带了许多吃食浮槎而往，航行十数天竟到达了天河。此人看到牛郎在河边饮牛，织女却在很遥远的天宫中。浮槎，指往来于海上和天河之间的木筏。此三句系对张华上述记载的隐括，借喻词人与其丈夫被迫分离之事。

⑤ 星桥鹊驾：传说七夕牛郎织女在天河相会时，喜鹊为之搭桥，故称鹊桥。

⑥ 牵牛织女：二星宿名，简称"牛女"。

⑦ 甚："甚"是领字，这里含有"正"的意思。霎儿：一会儿。

　　自《古诗十九首·迢迢牵牛星》以来，历代以牛郎织女为题材的文学作品多不胜数。对于"牛女"的身世，《荆楚岁时记》的记载是："天河之东，有织女，天帝之子也。年年织杼劳役，织成云锦天衣，天帝怜其独处，许嫁河西牵牛郎。嫁后，遂废织纴。天帝怒，责令归河东。惟每年七月七日夜,渡河一会。"在同一本书中,还记载了有关七夕的风俗:"七月七日为牵牛织女聚会之夜。是夕,人家妇女结彩缕,穿七孔针,或以金银鍮石为针,陈瓜果于庭中以乞巧。"尽管在词人生活的时代,仍保留着上述种种极有诗情画意的风俗,但是作者的着眼点不在这里,而别有寓意。

词的起拍三句意谓:就像那草丛中蟋蟀的叫声惊得桐叶纷纷飘落,朝廷的风吹草动也殃及到了无辜者。由于党争的株连,把一对志同道合的新婚夫妇变成了长年分离的人间牛郎织女,彼此间阻隔重重,难以"相逢"。在"人间"的词人,其翁舅很有权势,却使她感到失望和寒心;在"天上",正因为作为织女祖父的天帝的权势至高无上,"牛女"才被迫分居天河两岸,愁苦不堪。这种情况用"正人间、天上愁浓"加以写照,再恰当不过。接下去的"云阶"二句,字面上是说天宫中"关锁千重",实际上"人间"又何尝不是这样!这时词人的命运正为党争所左右——争斗加剧,她就与娘家人一起遭殃;稍缓似可回到"人间"的"云阶月地"——御赐赵相府邸。这当是词中"浮槎来,浮槎去"的寓意所在。

从词中的结穴之句"甚霎儿晴,霎儿雨,霎儿风"来看,此词大致产生于这样的背景之下:苏轼去世后,北宋末年的新旧党争并未消停。所谓旧党人物及其子弟、亲属也相继被驱逐出京。这种争斗和较量的结果,就是走马灯似的官吏升降。崇宁年间的这种政要的频繁更迭,活像嫔妃们一上一下地打秋千,又像是儿童玩的跷跷板运动。"甚霎儿"三句,就是对这种混乱而动荡的政治态势的极具讽刺意味的写照。其妙处在于词人能把自然界实实在在的天气变化,与社会政治风云变幻绾合得天衣无缝。谁都知道,七夕期间,天气总是一会儿雨,一会儿晴。民间认为那是织女时哭时停的阵阵泪水洒向人间。李清照婚后不久,崇宁年间的政治风云同样变幻莫测。所以,此词结拍三句,当不单纯是修辞学上的一语双关,从社会心理层次上看,它多么巧妙地传达出了词人的心声!

## 三、重返汴京和婕妤初叹（1106 年前后）

北宋末年的新旧党争，可以上溯到苏轼的父亲苏洵与王安石的彼此相轻和攻讦。此二人去世后，苏轼的主要对手就变成了王安石提拔的章惇和新法的积极推行者赵挺之。与秦观相类似，李格非也是一位正人君子，没有多么鲜明的政治色彩。秦、李之所以深受党争之害，主要因为他们是极受赏识的前后苏门弟子，因而成为受苏轼株连的无辜者。

在上述争斗过程中，李格非先是从京城被外放广信军（今属河北），宋徽宗崇宁元年（1102）又由礼部员外郎被外放为京东（今属山东）提刑，接着又被罢其提点京东刑狱，旋列为"元祐奸党"。鉴于凡是被列为元祐党籍者一概不得任用和在京居住，李格非先是就地在原籍今山东济南赋闲，后来又可能一度被远谪南荒，不久被解脱。直到大约公元1109年至1114年之间去世。

自从公元1106年李格非解脱之后，虽有"吏部与监庙差遣"之令，但他未必重返汴京。而即使他未再返京，他在经衢之西所购置的"有竹堂"，也未必出卖给他人。一则长女李清照已回汴京；二则在京求学以至谋职的幼子李远更离不开这份家业的支撑。那么，李家的"有竹堂"仍然可以保留着李清照未嫁时的闺阁和陈设。但此时她为什么要把自己当年居住的"小阁"、"小楼"暗指为"长门"呢？

"长门"的含义不言而喻。李清照之所以在《小重山》中把自己待字时的居室称作"长门"，当然是借以抒发其"婕妤之叹"。而关于"婕妤之叹"的话头，那得从《怨歌行》谈起。歌曰："新裂齐纨素，皎洁如霜雪。裁成合欢扇，团团似明月。出入君怀袖，动摇微风发。常恐秋节至，凉飙夺炎热。弃捐箧笥中，恩情中道绝。"此歌的作者是班婕妤。"婕妤"原是班彪姑母的官职，遂以之代名。班氏渊博多才,初为汉成帝宠幸,后被赵飞燕所谮,退居东宫。相传这首《怨歌行》就是抒发她像纨扇那样,炎夏承爱、秋凉被弃"中道"失幸之戚。后世将这种被弃女子的慨叹称为"婕妤之叹"。

说李清照有过"婕妤之叹",不仅不是莫须有的,而且随着青春渐逝,日后在这方面有着更深的慨叹,所以此时称之为"婕妤初叹"。事情像是无须证明的公理那样明摆着。在一夫多妻制的宋代社会,纳妾和寻花问柳几成家常便饭,可想而知:一个丞相府邸的三公子,就是发妻在身边都可能难免心猿意马和三妻六妾,何况一面是盛年离偶,一面是年轻美貌异性的诱惑,怎么能设想只有二十二三岁的赵明诚完全灭绝生理上的欲求呢?所以,廷争的反复无常所导致的李清照的被迫返乡和社会婚姻制度的不合理,注定了李清照与当时的广大妇女一样,难免于在爱情上有始无终,或有名无实的厄运。为这种厄运而叹息,正是女性在一定程度上的觉醒和可贵的超前意识。如果用女性话语,对李清照摆脱党争株连、由原籍重返汴京后,也就是大约在崇宁五六年所写的《小重山》、《满庭芳》和《多丽·咏白菊》等作品，细细咀嚼的话，就会读出只有女性较敏感的"别是一般滋味"。

# 小　重　山①

春到长门春草青②，江梅些子破③，未开匀。碧云笼碾玉成尘④，留晓梦，惊破一瓯春。　　花影压重门，疏帘铺淡月⑤，好黄昏。二年三度负东君⑥，归来也，著意过今春⑦。

① 小重山：又名《柳色新》等，多写春景春情。《词谱》以五代薛昭蕴用此调所填首句作"春到长门春草青"一首宫怨词为正体。李清照此词不仅取用薛词之成句，其立意、题旨均有所借鉴。在此调中，写得最好的，当首推岳飞的首句为"昨夜寒蛩不住鸣"的那一首。

② "春到"句：用五代薛昭蕴同调词之成句。长门，汉宫名。武帝陈皇后被废谪后，退居长门宫。后因用为失宠后妃居

住之处。

③ 江梅：此指梅中上品，非泛指江畔、水边之梅。些子：少许，一点。此句与张耒《减字木兰花》的"只有江梅些子似"一句几乎雷同，恐非偶合，而是李学张的又一实例。破：这里指江梅初放。

④ 碧云：此处指青绿色的团茶。玉成尘：指茶饼被碾成碎末。

⑤ 疏帘：雕刻着花纹的帘栊。

⑥ 东君：本为《楚辞·九歌》篇名，以东君为日神。这里指美好的春光。

⑦ 著意：即着意，用心的意思，犹《楚辞·九辩》"惟著意而得之"的意思。


这首词的写作背景大致是这样的：宋徽宗崇宁二年（1103），诏禁元祐党人子弟居京。此后，李清照不得不离开汴京返回原籍。至崇宁五年春，诏毁《元祐党人碑》，继而赦天下，解除党人一切之禁，李清照遂得以返京。从离京到回京，恰好历时二年，梅开三度。回到汴京的李清照，政治株连之苦得以缓解，原想快快活活地过个春天，不料又蒙受了类似于长门之怨，其况味恰与五代"花间"词人笔下的宫怨词意相合，所以顺手拈来他人之成句，嵌入己作，借以遣怀。

对于李清照研究作出重要贡献的黄盛璋和王学初二位先生，在其各自的著作中均一再指出：赵明诚不曾"负笈远游"，新婚之初也没有离京外出做官；笔者根据新发现的有关史料，提出李清照可能因受党争株连曾被迫一度离京的见解；后来，启功先生将自己收藏的赵明诚手泽俯允后学经眼、复制（参见《李清照新传》，北京出版社 2001 年 9 月版），从而证实其新婚不久的崇宁年间，赵明诚确在汴京任职。

基于上述人事背景，对此词结拍二句的"归来也，著意过今春"，当作如是解——此系李清照从原籍归来，并不是她"招魂"似地呼唤丈夫"快回来呀！"此二句是紧承前文的作者自诉，意谓她已经无可奈何地辜负了三个春天的大好时光，今年这个春天，在她手植江梅乍开还未开遍的时候，回到了阔别整整二年的汴京及丈夫身边，心里多么希望好好地过个春天啊！

# 满 庭 芳①

小阁藏春,闲窗锁昼,画堂无限深幽②。篆香烧尽③,日影下帘钩。手种江梅渐好,又何必、临水登楼④。无人到,寂寥浑似⑤,何逊在扬州⑥。　　从来,知韵胜⑦,难堪雨藉⑧,不耐风揉⑨。更谁家横笛⑩,吹动浓愁。莫恨香消雪减,须信道、扫迹情留⑪。难言处、良宵淡月,疏影尚风流。

① 满庭芳:此调名本于唐吴融《废宅》诗"满庭芳草易黄昏"之句;又宋葛立方之同调词有"要看黄昏庭院,横斜映,霜月朦胧"句,周纯词易调名曰《满庭霜》。《全宋词》所收李清照此词即以《满庭霜》为调名。

② 画堂:或指装饰考究的"有竹堂"。

③ 篆香:指曲细像篆文的盘香,亦即对盘香的喻称。

④ 临水登楼:王粲于湖北当阳"登兹楼以四望",作《登楼赋》。

⑤ 浑似：完全像。

⑥ 何逊在扬州：语出杜甫《和裴迪登蜀州东亭送客逢早梅相忆见寄》的"东阁官梅动诗兴，还如何逊在扬州"之句。

⑦ 韵胜：优雅。

⑧ 难堪雨藉：难以承受雨打。藉，践踏，欺凌。

⑨ 不耐风揉：《乐府雅词》卷下等重要版本均作"不耐风柔"，"柔"字不通，据《花草粹编》改。

⑩ 横笛：汉横吹曲中有《梅花落》。

⑪ 扫迹：语见孔稚珪《北山移文》"乍低枝而扫迹"。原意谓扫除干净，不留痕迹。此处系反其意而用之。


　　有人以为此词专咏残梅，实际是作者以之自况。词中的"小阁"和"篆香"，是人们所熟悉的词人的闺房及房中陈设之物。至于"无人到"的"人"更是词人专用于对赵明诚的昵称，当与"念武陵人远"、"人何处"的"人"同义。"无人到"，当是作者埋怨丈夫应该"到"而不到她身边来。这从此句前后所用明暗两个典故可见一斑：

　　一个是"临水登楼"，一个是"何逊在扬州"。前者是在强调主人公虽然心情很不好，但却不同于写《登楼赋》时的王粲。彼时，王粲的襟中块垒是怀才不遇和思乡之戚。而词中的女主人公，也就是生活中李清照的化身，那时她并没有什么家国之思。在汴京失陷，她由青州到江宁，产生了家国之思后所写的《鹧鸪天》，就直接了当地说自己也有与王粲同样的"怀远"之情。因为这种感情，不存在不可告人的问题，真正使她难以启齿的是藏在"何逊在扬州"背后的典事。词人的苦衷和睿智也恰恰表现在对这一故实的婉转借取上。

　　然而，以往在阐释"何逊在扬州"时，只在杜甫诗中找到了其字句的出处，对其在李词中的用意却未求甚解。这就无从了解词人的心情，也找不到其"寂寥"的真正原因。如果联系作者可能有过"婕妤之叹"的身世加以品味，则不难发现：原来词人是借何逊的《咏早梅》诗，来表达自身的难言之隐。因为何逊诗中有这样几句："朝洒长门泣，夕驻临邛杯。应知早飘落，故逐上春来。"这类诗句，即使出自像何逊、杜甫那样著名的男性作者之手，也不外乎"美人香草"之喻。而对于女词人李清照来说，则具有真实感人的身世之慨：她此时当与失宠的陈阿娇和被弃的卓文君有某种同病相怜之处，所以她特别声明——自己的内心况味，与不为荆州刘表重用而产生桑梓之念的王粲不同，故云"又何必临水登楼"。此词上片的"无人到"以下三句，意思是说：丈夫不到身边来，使自己产生冷落、孤独的寂寞之感，简直就同何逊在扬州所写《咏早梅》诗中被废居长门宫的陈皇后和被司马相如遗弃的卓文君的心情完全一样。

词之下片的蕴寓之意大致说：谁都知道，从来都是以梅自况的作者，与其"手种江梅"一样，以皎洁风雅取胜。由于所处环境优越，便经不起风雨的摧残。尽管如此，尽管江梅也有因失去白雪的映衬而香消色褪、甚至随风飘落之时，但因其浓香彻骨，即使将落花扫掉，却仍留有香气和情韵。这正如一对"曾经沧海"的夫妻，尽管经历挫折却仍不忘旧情。这一切"难言处"，待到"良宵淡月"时，其"风流"、"韵胜"，就像月色朦胧中的"江梅"、"疏影"一样，更加神采奕奕。

# 多　丽①

## 咏　白　菊

　　小楼寒,夜长帘幕低垂。恨萧萧、无情风雨,夜来揉损琼肌②。也不似、贵妃醉脸③,也不似、孙寿愁眉④。韩令偷香⑤,徐娘傅粉⑥,莫将比拟未新奇。细看取、屈平陶令⑦,风韵正相宜。微风起,清芬酝藉,不减酴醿⑧。　　渐秋阑、雪清玉瘦⑨,向人无限依依。似愁凝、汉皋解佩⑩,似泪洒、纨扇题诗⑪。朗月清风,浓烟暗雨,天教憔悴度芳姿。纵爱惜、不知从此,留得几多时。人情好,何须更忆,泽畔东篱。

① 多丽:又名《绿头鸭》等。《全宋词》所收最早的一首《多丽》系聂冠卿"想人生"一首仄韵词,且此词系由作者以翰林学士的身份,在名公的宴会上即席所赋。此事轰动一时,其对后世影响可想而知。李清照的这首同调词的写作自然也是在这一远期背景之后。又因这首李词系五支、七

齐、八微平韵,看来它亦与晁补之《绿头鸭·新秋近》(平韵十四寒等的筵、边等)一词有关,与晁端礼(字次膺)《绿头鸭·晚云收》一词所用均为五支等平韵。鉴于晁端礼此词曾为胡仔所揄扬,如苕溪渔隐曰:"中秋词自东坡《水调歌头》一出,馀词尽废。然其后亦岂无佳词,如晁次膺《绿头鸭》一词,殊清婉。但樽俎间歌喉,以其篇长惮唱,故湮没无闻焉。其词云(略)"这一评语因出自成书于李清照身后的《苕溪渔隐丛话》后集卷三九《长短句》,说明她是不可能受胡仔上述见解左右的情况下,对前辈的这首好词有所接受、步武的。

② 琼肌:指花瓣像玉一般的白菊。

③ 贵妃醉脸:唐李濬《松窗杂录》记载,中书舍人李正封有咏牡丹花诗云:"国色朝酣酒,天香夜染衣。"唐明皇很欣赏这两句诗,笑着对其爱妃杨玉环说:"妆镜台前,宜饮以一紫金盏酒,则正封之诗见矣。"此谓杨贵妃醉酒后的脸庞,就像李正封诗中的牡丹花那样娇艳动人。

④ 孙寿愁眉:《汉书·梁冀传》:"妻孙寿,色美而善为妖态,作愁眉、啼妆、堕马髻、折腰步、龋齿笑,以为媚惑。"

⑤ 韩令偷香:韩令,指韩寿。《晋书·贾充传》说,韩寿本是贾

充的属官,美姿容,被贾充女贾午看中,韩逾墙与午私通,午以晋武帝赐充奇香赠韩寿,充发觉后即以女嫁韩。

⑥ 徐娘傅粉:徐娘,指梁元帝的妃子徐昭佩。《南史·梁元帝徐妃传》:"妃以帝眇一目,每知帝将至,必为半面妆以俟,帝见则大怒而去。"

⑦ 屈平陶令:屈平是屈原的名,字原,又自名正则,字灵均。陶令指陶渊明,一名潜,字元亮,曾任彭泽令。

⑧ 酴醾:花名。初夏开白色花。

⑨ 秋阑:秋深。

⑩ 汉皋解佩:汉皋,山名,在今湖北襄阳西北。佩,古人衣带上的玉饰。《太平御览》卷八〇三引《列仙传》云:"郑交甫将往楚,道至汉皋台下,见二女佩两珠,大如荆鸡卵。交甫与之言,曰:'欲子之佩。'二女解与之。既行返顾,二女不见,佩亦失矣。"此处当指男子有外遇。

⑪ 纨扇题诗:纨扇,细绢制成的团扇。此处暗用"婕妤之叹"的典故。有关这一典故的来龙去脉,详见本节之概说。


　　这是一首道地的咏物词。其特别耐人寻味之处,一是"汉皋"以下三句所涉及的两个典故,分别指男子有外遇、女子被捐弃。二是"人情好"以下三句的寓意所在：其中"泽畔东篱"指代屈原、陶潜两位爱菊的诗人。"泽畔"语出屈原《渔父》的"屈原既放，游于江潭，行吟泽畔，颜色憔悴"。其有涉于菊的诗句是："朝饮木兰之坠露兮，夕餐秋菊之落英。"（《离骚》）"东篱"语出陶潜《饮酒》诗二十首其五的"采菊东篱下，悠然见南山"。以上三句，字面上是说屈原因为奸邪当道才被流放，陶潜因为不满晋宋之交的黑暗统治才辞官归隐，要是"当今"朝政清明，"我"又何必一而再地去回忆屈原、陶潜呢！

然而，词人要说的心里话想必还不止以上这些，看来她是想说：要是夫妻间还像新婚时那么甜蜜美好，"我"又何必去填什么咏菊词呢，更何必在词中使用"解佩"、"纨扇"等等与咏菊不相干的有关男遇、女叹之类的典故呢！

从表面看，此词用事用典过于堆砌，几乎成了掉书袋和獭祭鱼，实际很可能是作者故意用一些无关紧要或不相干的故实，来掩盖"泽畔东篱"和"解佩"、"纨扇"这四个涉及其内心创伤的重要故实。

## 四、屏居青州期间(1107—1121)

　　曾几何时,赵挺之对包括自己亲家李格非在内的
"元祐党人",大有挟势弄权、趁机报复之嫌,岂料却应
在了"螳螂捕蝉,黄雀在后"的故事上。宋徽宗崇宁年
间,对赵挺之而言,蔡京就是那种意欲射杀他的"挟弹
丸者"。果然,赵挺之第二次居相位约一年,于大观元
年(1107)三月被罢后五日即卒。卒后三天,在京亲属
便被捕入狱。虽然被蔡京所罗织的种种罪名查无实据,
但赵挺之还是被追夺所赠司徒等官职。

　　赵挺之是一位毁誉有霄壤之别的人物。毁之者说
他是贪财的"聚敛小人",又说他曾谄事曾布、蔡京等,
并骂他是有权势的福建人的移乡儿子;誉之者说赵挺之

在党争激烈之时，"屹立于诸公中，谗谤竞起，而主意不移"（楼钥语）。人们一则为赵挺之的事迹"感涕"，一则慨叹他生不逢时，遇上了赵佶这个贤愚、忠奸不分的昏君。

然而，在今天看来，值得同情的是口碑一直很好的赵挺之的三个儿子，尤其是未与其同甘，却与之共苦的三儿媳李清照。他们都因为受到赵挺之的株连，无辜被捉进大牢。无罪被释放后，遂"屏居乡里十年"（李清照语）。"屏居"即隐居。这个"乡里"，不是指赵挺之的原籍密州（今山东诸城），而是指赵家在青州（今属山东）所购置的私宅。在这里，李清照把她和赵明诚的书房命名为"归来堂"。又从"审容膝之易安"（陶潜语）句中，取"易安"二字为她的号，即所谓"自号易安居士"，偶尔亦署作"易安室"，意谓住处简陋而心情安适。流传久远的赵明诚、李清照"猜书斗茶"的佳话，就发生在赵家的青州故居"归来堂"。

在青州隐居了约八九个年头之后的政和年间，赵、李两家均可谓时来运转。在赵明诚之母郭氏奏请朝廷恢复了赵挺之被追夺的司徒之职以后,郭氏之长子和次子已经重新走上了仕途,三子明诚的复官亦指日可待。与此同时,为千夫所指的蔡京一党已届穷途末路。而令李清照窃喜于心的是外祖父王珪一再被追夺的赠谥也得到恢复,她和明诚为之付出极大代价的金石古籍的整理收藏,业已成绩斐然,规模相当可观了。

生活稳定、心态平衡了,闲情逸致遂油然而生。此时,赵明诚和李清照在花朝月夕,手牵手,肩并肩尽情游赏,作诗联句……当时的情景,便是十多年后,李清照在一首题作《偶成》诗的前二句所追述的:"十五年前花月底,相从曾赋赏花诗",洵为"夫妇擅朋友之胜"。

看来在赵、李甜蜜相处、共同致力于金石业绩的时日里,在创作上,除了表达欢愉心情的"赏花诗"之外,李清照还独自撰写了被后世称为《词论》的、划时代的词学论文,以及开风气之先的一首调寄《新荷叶》的寿词。

从赵明诚在青州的遗迹看,宋徽宗宣和三年(1121)四月下旬,他还与诸亲朋一起游仰天山,那么,赵明诚复出始知莱州,则当在本年的五六月至八月上旬以前的这段时间。在送别赵明诚赴莱州任时,李清照写了《凤凰台上忆吹箫》一词。而《念奴娇》和《点绛唇》(寂寞深闺),当是她在八月赴莱寻夫之前,独自留在青州时所写的思妇伤情词。

## 词　　论

　　乐府①、声诗②并著,最盛于唐。开元、天宝间③,有李八郎者④,能歌擅天下。时新及第进士⑤,开宴曲江⑥,榜中一名士,先召李,使易服隐姓名,衣冠故敝,精神惨沮⑦,与同之宴所,曰:"表弟愿与坐末。"众皆不顾。既酒行乐作,歌者进,时曹元谦、念奴为冠⑧。歌罢,众皆咨嗟称赏⑨。名士忽指李曰:"请表弟歌。"众皆哂⑩,或有怒者。及转喉发声,歌一曲,众皆泣下。罗拜⑪,曰:"此李八郎也。"

自后郑卫之声日炽[12]，流靡之变日烦。已有《菩萨蛮》、《春光好》、《莎鸡子》、《更漏子》、《浣溪沙》、《梦江南》、《渔父》等词[13]，不可遍举。

五代干戈[14]，四海瓜分豆剖[15]，斯文道熄[16]。独江南李氏君臣尚文雅，故有"小楼吹彻玉笙寒"、"吹皱一池春水"之词[17]，语虽奇甚，所谓"亡国之音哀以思"也[18]。

逮至本朝，礼乐文武大备，又涵养百余年，始有柳屯田永者，变旧声作新声，出《乐章集》，大得声称于世。虽协音律，而词语尘下[19]。又有张子野、宋子京兄弟、沈唐、元绛、晁次膺辈继出[20]，虽时时有妙语，而破碎何足名家。至晏元献、欧阳永叔、苏子瞻[21]，学际天人，作为小歌词，直如酌蠡水于大海[22]，然皆句读不葺之诗尔[23]，又往往不协音律者。何耶？盖诗文分平侧[24]，而歌词分五音，又分五声，又分六律，又分清浊轻重㉕。且如近世所谓《声声慢》、《雨中花》、《喜迁莺》，既押平声韵，又押入声韵；《玉楼春》本押平声韵，又押上、去声，又押入声。本押仄声韵，如押上声则协；如押入声，则不可歌矣㉖。王介甫、曾子固㉗，文章似西汉，若作一小歌词，则人必绝倒，不可读也。乃知别是一家，知之者少。后晏叔原、贺方回、秦少游、黄鲁直出㉘，始能知之。又晏苦无铺叙㉙；贺苦少典重；秦即专主情致，而少故实㉚，譬如贫家美女，虽极妍丽丰逸，而终乏富贵态；黄即尚故实，而多疵病，譬如良玉有瑕，价自减半矣㉛。

① 乐府：原是古代音乐官署，后为诗体名。本指乐府官署所采集、创作的乐歌，也用以称魏晋至唐代可以入乐的诗歌和后人效仿乐府古体的作品。

② 声诗：乐歌，亦即乐府以外唐人采作歌词入乐歌唱的五、七言诗。

③ 开元、天宝：均为唐玄宗年号。

④ 李八郎,即李衮(见李肇《国史补》)。李衮是唐代著名歌手。而唐代有斗声乐以较胜负的风气,多为先隐名易服,然后出奇制胜。

⑤ 及第进士:唐代置进士科,为入仕资格的首选,历代相沿,指科举殿试被录取者。

⑥ 开宴曲江:曲江在唐长安城东南,是京郊著名的风景区,唐代新及第进士均在此游赏宴会,称作曲江宴。赴宴进士无不春风得意。

⑦ 惨沮:沮丧失色。

⑧ 曹元谦:生平不详。念奴:唐代天宝年间著名歌伎(见元稹《连昌宫词》自注)。

⑨ 咨嗟:此处是赞叹的意思。

⑩ 哂:这里是讥笑的意思。

⑪ 罗拜:指四周人群皆下拜。

⑫ 郑卫之声:郑、卫是春秋时两个诸侯国,这两地新兴的音乐与儒家提倡的雅乐相径庭,而被斥之为淫靡、乱世之音。郑卫之声与下文"流靡之变"互文见义。炽:原指火旺,此处意谓势盛。

⑬ "已有"句:所举皆为词调名。在这些传世的唐人词调中,

惟《莎鸡子》在现存唐人词中未曾经见。

⑭ 五代：指后梁、后唐、后晋、后汉、后周。干戈：本是古代常用的两种兵器，也用作武器的通称。此处用其引申义指战争。

⑮ 瓜分豆剖：语本鲍照《芜城赋》：“出入三代，五百余载，竟瓜剖而豆分。”

⑯ 斯文道熄：斯文，原指古代的礼乐制度。这里是说诗词创作衰落。

⑰ “独江南”二句：指五代时南唐中主李璟、后主李煜父子与大臣冯延巳等。此处隐括了这样一段故事：李璟《摊破浣溪沙》中有“小楼吹彻玉笙寒”句，冯延巳《谒金门》中有“风乍起，吹皱一池春水”句。中主问：“‘吹皱一池春水’，干卿何事？”冯对曰：“未若陛下‘小楼吹彻玉笙寒’也。”中主听了冯的这一回答之所以高兴，并不单是因为冯“奉承”了自己，而主要是因为经中主的诘问，冯理解了作词要像中主的“小楼”句那样寓有家国之虑，而不应像自己只是用“吹皱一池春水”比喻宫女的情绪波动。

⑱ “亡国”句：《礼记·乐记》：“亡国之音哀以思，其民困。”

⑲ “始有”六句：柳屯田永，即北宋著名词人柳永，因任屯田员

外郎,世称柳屯田。变旧声作新声,柳永对唐宋旧曲加以改制,创作适合歌唱的新调。《乐章集》,柳永词集。柳永精通音律,词作影响广泛,很受称道,但其中不无低俗之语。

⑳ 张子野:张先,字子野,北宋词人。宋子京兄弟:兄宋庠,官至宰相,但今未见其词;弟宋祁,字子京,与欧阳修等合修《新唐书》,书成,进工部尚书,谥景文。其《玉楼春》词中有"红杏枝头春意闹"之句,世称"红杏尚书"。近人辑有《宋景文公长短句》。沈唐:北宋词人,字公述,官大名府签判。《全宋词》收其词五首。元绛:北宋词人,字厚之,钱塘人。官至参知政事,生平详《宋史》卷三四三本传。《全宋词》收其词二首。晁次膺:即北宋词人晁端礼,字次膺,熙宁六年进士,两为县令,忤上官,坐废。有《闲斋琴趣外篇》。

㉑ 晏元献:晏殊,字同叔,江西临川人。仁宗时为副宰相,兼枢密使,卒谥元献,生平详《宋史》卷三一一。有《珠玉集》。欧阳永叔:欧阳修,字永叔,号六一居士,庐陵人。历任枢密副使、参知政事等职,谥文忠,生平详《宋史》卷三一九。有《六一词》等。苏子瞻:苏轼,字子瞻,号东坡居士,眉山

人。官至礼部尚书,卒后追谥文忠,生平详《宋史》卷三三八。有《东坡乐府》。

㉒ 酌蠡水于大海:在大海中取一瓢水。意谓事情很容易。蠡,瓠瓢。

㉓ 句读不葺之诗:句读,文辞语意已尽处为句,语意未尽须停顿处为读,书面上用句号和逗号标记。不葺,长短不齐。"长短句本是诗、词形式不同之一点,李清照主张词'别是一家',要求作词在内容风格上也当有别于诗。这句批评主要是对苏词而发的,晏殊、欧阳修本属传统的婉约派,此处牵连偶及。"(见《李清照作品赏析集》,吴熊和、沈松勤所注《词论》,巴蜀书社 1992 年 9 月版)

㉔ 诗文分平侧:作旧体诗要以平声和仄声相互调节,使诗的声韵和谐美听。文,这里当指需讲平仄的骈赋、律赋等。平侧,即平仄。

㉕ "而歌词"四句:五音,音韵学家按照声母的发音部位分唇音、舌音、齿音、牙音、喉音五类,谓之五音。五声,指宫、商、角、徵、羽。此四句的详细注释似可参阅上述吴熊和、沈松勤注《词论》。

㉖ "《玉楼春》"七句:《玉楼春》本押平声韵,此说未知何据。

今所见五代北宋人所作《玉楼春》(又名《木兰花》、《西湖曲》等)皆双调七言八句五十六字,仄韵,而非平韵。

㉗ 王介甫:王安石,字介甫,号半山,临川人。庆历二年进士,神宗熙宁二年任参知政事,次年任宰相,熙宁七年辞退,次年再相;九年再辞后退居江宁,封舒国公,旋改封荆,世称荆公,卒谥文。曾子固:曾巩,字子固,江西南丰人,官至中书舍人。

㉘ 晏叔原:晏幾道,字叔原,号小山,晏殊第七子。有《小山词》。贺方回:贺铸,字方回,自号庆湖遗老。有《庆湖遗老集》,词集名《贺方回词》,一名《东山词》,又名《东山寓声乐府》。秦少游:秦观,字太虚,改字少游,号邗沟居士,学者称淮海先生,又称淮海居士。有《淮海词》,又名《淮海居士长短句》。黄鲁直:黄庭坚,字鲁直,号山谷,又号涪翁。词集名《山谷琴趣外篇》。

㉙ 铺叙:即详细叙述铺陈。《小山词》多小令,少长调,故称其无铺叙。

㉚ "秦即"二句:从现存七十余首较可靠的淮海词看,不都是描写男女之恋的"专主情致"的爱情词,即使这类词中也不乏"故实";至于在《淮海词》中占有相当比重的登临怀古

词,其所用"故实"几乎多到"无一字无来历"的程度。李清
照对秦观的这一不够周全的看法,或因其当时未及得窥秦
词之全豹所致。

㉛ "黄即"四句：李清照此论可谓恰中《山谷琴趣外篇》之膝
理,极有见地。


　　此篇始见于南宋胡仔《苕溪渔隐丛话》后集卷三十
三《晁无咎》条,称"李易安评",未提引自何处,且似节
录,疑非完璧。或因此篇内容是对词的认识和评价,后
人载录时,题作李清照《词论》。

　　《词论》是继苏轼和李之仪等人的零散论词书简、
跋语之后的一篇重要而系统的词学专论。因其中未涉
及南宋词坛,那么,至少现存《词论》的文字,当是李清
照南渡之前所作。又因《词论》是附骥于晁补之写于元
祐年间的《评本朝乐章》一文,进而则可推定李文是在
晁文启发下所写。元祐末年,李清照只有十来岁,当时
不大可能研读晁补之的这篇文章,而在她随赵明诚屏居
青州的最初四五年,晁补之恰在缗城(今山东金乡)守

母丧。这期间,赵、李或有赴金乡为晁补之庆寿之举(以《新荷叶》词为此举之旁证)。此时正是李清照向"前辈"请益的大好机会。晁补之因材施教,或将其旧作出示清照一阅。阅罢,李清照不甘示弱,从而写了这篇名副其实"压倒须眉"的词学新论。

这篇只有五百六十来字的论文,可分为四个段落:第一段是说词应像唐朝开、天盛世时的"乐府、声诗"一样,是供歌坛明星演唱的;第二、三段分别指出"郑、卫之声"和"亡国之音"都不合时宜,前者则更是被指摘的对象;第四段是全文的核心,它以实例说明,像柳永《乐章集》那样"虽协音律,而词语尘下"不行,像晏、欧、苏等人那样写一些"不协音律"的"句读不葺之诗"也不行。不论是晏、欧、苏,还是王安石、曾巩,他们所作"小歌词"之所以"不可读",主要是他们不知诗、词之别,或"知之者少"。而对诗、词之别"始能知之"的晏幾道、贺铸、秦观、黄庭坚,又各自有"无铺叙"、"少典重"、"专主情致"、"少故实"等缺欠。总的看,《词论》对时弊的批评是击中要害的,建树是独特的,对后世的影响是深远的。词这一体式,之所以能够膺任宋代文学的代表,李清照对于词的本质的确立和流弊的匡正,洵有首倡之功。而《词论》全篇之要义大致体现于以下两方面:

一方面,《词论》从词在唐五代的形成衍变开篇,极具锋芒地评述了曩时和当前的除周邦彦以外的几乎全部有代表性的词家,同时涉及了词的起源、声律、风格、作家、批评等等诸多问题。

另一方面,也是《词论》的核心所在,即李清照首次旗帜鲜明地提出了词"别是一家,知之者少"的问题。这一诗、词迥别问题的提出,既使词论摆脱了附丽于诗论的从属地位,从而走上了独立和长足发展的道路,也使词摘掉了"末技"、"小道"等鄙夷性的帽子。从此,词论与词作相辅相成,玉成了文学史中永不衰败的"宋词"之花。

虽然李清照对于词的理论和创作实践,均作出了堪称"压倒须眉"的独特贡献,但是在其生前、身后竟蒙受了诸如"无所羞畏"(王灼语)和"蚍蜉撼树"(胡仔语)的种种谤伤和攻讦,为后人留下了不少疑团和研究空间。

# 凤凰台上忆吹箫①

香冷金猊②，被翻红浪，起来慵自梳头。任宝奁尘满③，日上帘钩。生怕离怀别苦④，多少事、欲说还休。新来瘦，非干病酒，不是悲秋。　　休休，这回去也，千万遍《阳关》⑤，也则难留。念武陵人远⑥，烟锁秦楼⑦。惟有楼前流水，应念我、终日凝眸。凝眸处，从今又添，一段新愁。

① 凤凰台上忆吹箫：又名《忆吹箫》、《忆吹箫慢》。此调始见于晁补之《晁氏琴趣外篇》题作《自金乡之济，至羊山迎次膺》一词，其事则本于《列仙传》萧史、弄玉故事。但李清照对此却反意取用，且将伉俪睽违之意引入此调。

② 金猊：这里指狮形金属香炉。

③ 宝奁：镜匣的美称。

④ 生怕：最怕。

⑤ 阳关：王维《送元二使安西》诗："渭城朝雨浥轻尘，客舍青

青柳色新。劝君更尽一杯酒,西出阳关无故人。"后和乐歌
唱,曲名《阳关》,成为著名的送别曲。

⑥ 武陵人:陶潜《桃花源记》有关于晋太元中武陵郡渔人入
桃花源的记载。所以桃花源又称武陵源。而"武陵人"除
了"避难者"的含义外,又因武陵源与桃花有关,它又涉及
另外一个神话传说,即刘义庆《幽明录》所载汉刘晨、阮肇
入天台山采药遇仙女并与之媾和事。仙女住在河之源头
的桃林之中,所以刘、阮与仙女相会事,又称"天台之遇"。
因为"武陵"和"天台"都和"桃花"有关,而"桃花"在我国
古典诗词中又是代表美女的特定意象。此词中"念武陵人
远"的寓意,除了指赵明诚曾"避难"青州以外,还当含有对
丈夫或有"天台之遇"的担心。

⑦ 秦楼:指秦穆公女弄玉与恋人萧史所居之楼。此处借喻词
人与丈夫在青州的居所。

此词是写于赵明诚和李清照"屏居乡里十年"后,
赵明诚重返仕途之时。其旨是写临别心神,也就是写作
者在丈夫远行前夕难以为别的心情,以及对别后孤寂情
状的拟想。按说,此时不论赵明诚到何处做官,皆可与

妻同行。在李清照看来，她和丈夫应像弄玉、萧史那样随凤飞升，他却要她独自留在青州。为此她可能不止一次地祈求将她带上，而他却不肯答应，她便心灰意冷，什么也不想干了——炉香熄灭了她不管，被子也不叠，太阳老高才起床。起床后，头也懒得梳，贵重的首饰匣上已经落满了灰尘。她口头上说最害怕的是"离怀别苦"，实际上还有更担心的事，话到嘴边又说不出口。她近来这么消瘦，并不是因为饮酒过多沉醉如病，也不是因为悲秋，而是因为作者有难以启齿的隐衷。

那么，这隐衷到底是什么呢？在不能不说，却又不便直说的情况下，实际上是隐去了她要跟他走的意思，只说为了留住他，她便反复咏唱宛转凄切的《阳关曲》。然而没有用，他执意要走，即使唱上千万遍《阳关曲》，也留不住。他像是已经铁了心，也就罢了！这当是"休休"二字的深层语义。

此词的深意还在于，作者首次将伉俪暌违之意引入《凤凰台上忆吹箫》这一大约是晁补之首创的新兴词调，其意当是借神话故事以传心曲：当年，弄玉和萧史共居"秦楼"数年后，一旦随风比翼飞升。而自己虽然也曾陪伴丈夫隐居十年，到头来孤孤单单地留住在被烟雾笼罩的"秦楼"之中。你看，"念"字领起的下文是多么委曲动人——主人公拟想中盼望丈夫归来的急切心情，没人理解。她将终日痴呆呆地瞅着他归来时的必经之处，那种望眼欲穿的样子，走"远"了的"武陵人"是不会知道的，只有"楼前流水"才是唯一的见证。如果将《凤凰台上忆吹箫》的词牌本意和"秦楼"的出典，与当时妻妾成群的社会陋习、极不平等的婚姻制度联系起来看，以上所述，难道不是作者的心里话吗！

# 念 奴 娇①

## 春 情

萧条庭院，又斜风细雨，重门须闭②。宠柳娇花寒食近③，种种恼人天气。险韵诗成，扶头酒醒，别是闲滋味④。征鸿过尽，万千心事难寄。　　楼上几日春寒，帘垂四面，玉阑干慵

倚⑤。被冷香消新梦觉⑥，不许愁人不起。清
露晨流，新桐初引⑦，多少游春意。日高烟敛，
更看今日晴未⑧。

① 念奴娇：唐天宝年间，有一歌伎名念奴，她不仅姿容出众，
　歌声亦高亢无比，极为当时所重，或以其名为词调。此调
　两宋时即被广泛传唱，且系音调嘹亮，响遏行云之壮腔高
　唱。据统计，《全宋词》此调使用频率达四百八十馀次。其
　中苏轼所填首句作"大江东去"一首最为著名，故此调又名
　《大江东去》、《大江词》、《赤壁词》、《酹江月》等均与苏词
　有关。又因此调全首整一百字，宋人因易名为《百字令》。
　此调另有《壶中天慢》、《千秋岁》等常用名。

② "又斜风"二句：张志和《渔歌子》："青箬笠，绿蓑衣，斜风
　细雨不须归。"这里反用其意。重门：多道门。大户人家严
　于提防，所设一道又一道门户；也指房舍分成几个前后院，
　每个庭院称为"一进"，每"一进"，都有前后两道门户。

③ 寒食：节令名。在清明节前一日或二日。

④ 险韵诗：以生僻而又难押之字为韵脚的诗。扶头酒：一说
　易醉之酒。贺铸《南歌子》有"易醉扶头酒"之句；一说用以

消除酒病使醉头扶起、头脑振奋的一种薄酒,多为卯时所饮,故亦称"卯酒"。这里似宜从前说。

⑤ 玉阑干:对栏干的美称。

⑥ 新梦觉:刚刚从梦中醒来。

⑦ "清露"二句:此系引用《世说新语·赏誉》篇的成句。

⑧ 晴未:天气晴了没有? 未,同否,表示询问。


在带有"丈夫气"的李清照的婆母郭氏,于政和初年上奏朝廷,为其故夫"落实政策"后,她便与其长子、次子返回汴京。有相当一段时间,在赵家青州故居只有赵明诚和李清照两个主人,而赵明诚又常常与其亲朋好友结伴四处游览。往日熙熙攘攘的大家庭院,如今变得冷冷清清,毫无生气。词人独自留在这里,心里该是一种什么滋味! 所以此词上片字面上的"斜风细雨"和"种种恼人天气",那当是词人内心苦闷的外化。为了排遣这种苦闷,她故意作那种费事的"险韵诗"。但是,再难作的诗她也作成了,醉酒的时间再长她也醒过来了。而那种使人烦恼的"天气",和百无聊赖的心情,并没有改变。由此所派生的"万千心事",一则无法向丈夫诉说,二则即使诉说他也未必肯听。词中所谓"别是闲滋味",实际上是一种令人难以言传的极为苦涩的滋味。

下片从"楼上"到"不许"五句,与《凤凰台上忆吹箫》上片的涵意几无二致,略有不同的是一谓"被翻红浪",一谓"被冷香消"。前者是说没有心思整理卧榻;后者意犹"玉枕纱厨,半夜凉初透",即言其单枕孤眠之苦。紧接下去的"清露晨流,新桐初引"之成句,从字面上只能读出这样的意思:晶莹的露滴和新长出的桐叶,表明春光还未消逝,它还具有使人外出游赏的吸引力。透过这些话,我们仿佛听到了词人如此这般的内心独白——德甫啊,在春秋尚富、春晴有望之时,我多么希望与你一同再度游春、赋诗……结拍二句,仿佛是借天气由恼人的阴雨转为晴朗,来表达词人希望丈夫由对她的疏离冷漠转为体贴温馨。

鉴于诗词无达诂,如将此词视为作者正在受党争株连时的早期所作,从而将"斜风细雨"、"种种恼人天气"，看作政治气候的隐语；将"日高烟敛"等句的深层语义释为皇帝开恩，似乎亦无不可。又：如果着重从词中"寒食近"一语考虑，此词又不会是在赵明诚赴莱州之后所作。因为在他赴莱那年的寒食前后，他还在青州。所以此词也有可能是在赵明诚离开妻子，与他人一起，多次到青州仰天山、济南灵岩寺乃至更远的泰山等地游乐忘返的背景下所作。但绝不是词人晚期的心理外化。

## 点 绛 唇

### 闺 思

　　寂寞深闺，柔肠一寸愁千缕。惜春春去，几点催花雨。　　倚遍阑干，只是无情绪。人何处①，连天芳草，望断归来路②。

---

① 人何处：谓所思念的人在哪里。此处的"人"，当与《满庭芳》中"无人到"、《凤凰台上忆吹箫》中"武陵人"的"人"字

的含义是相同的,皆喻指作者的丈夫赵明诚。

② "连天"二句:化用《楚辞·招隐士》"王孙游兮不归,春草
　　生兮萋萋"句意,以表达亟待良人归来之望。


　　这首词与《念奴娇·春情》的立意差同。写作地点
均在青州,时间亦有衔接,即在"寒食"过后的"花事了"
的季节。

　　曾几何时,李清照与赵明诚在"归来堂"猜书斗茶、
花前月下携手游赏,有着"曾经沧海"般的夫妇深情。
然而眼下丈夫与他人一道频频外出,望断双眼不见他归
来。所以她为此所生愁丝竟有"千缕"之多!接下去的
"惜春"二句,除了其字面上的意义之外,深层语义当如
是说——词人本来像爱惜春天一样,爱惜她和丈夫之间
的种种美好感情。但是他对她的不时疏离,就像风雨催
落春花一样,使夫妻感情遭到挫折。

　　下片说,主人公久久地倚栏眺望,但却看不到良人
的踪影,所以心情很不好。结拍的诘问意谓:你这位
"王孙"到底到哪里去了,为何还不归来? 其实丈夫的

心思,词人心中是有数的。只因那是一种难言之隐,不能对他人诉说,就是在词里也不能直接倾吐,只好借《楚辞·招隐士》的意境宛转表达。需要略作说明的是"王孙"二字,其意暗含在"连天芳草,望断归来路"二句之中,以之喻指赵明诚。只是这里是对《招隐士》"王孙"句的反意隐括。因为此时的赵明诚当已隐而复仕,他已经成了"远"走了的"武陵人"的可能性更大。

# 五、莱州寻夫的前前后后（1121—1127）

赵明诚和李清照在青州相处的温馨和甜蜜，很像是传说中萧史和弄玉的爱情故事。后一对恋人共居凤台（亦称"秦楼"）多年后，一朝随凤比翼而飞。而赵明诚在可以和应该偕妻前往的条件下，却独自赴官莱州（今属山东）。这对于曾经是"夫妇擅朋友之胜"的妻子来说，是多么难以承受的情感落差，况且眼下的赵家青州故居早已失去了金石之乐和琴书之娱，已经变得十分"萧条"。因为早在二三年前，长房和二房即携眷属拥着老母郭氏各自复官汴京。而只有一个不可能在自己身边的异母小弟的李清照，此时可谓举目无亲。往日夫妇和鸣的"酒意诗情"代之以珠泪满面，白天辜负了大好春光，晚上早眠担心做噩梦。她深更半夜里剪灯弄花的举动，岂不是对亲人的急切期待！然而这一切却是痴心女子之想，唯一的慰藉是来自她称为"姊妹"的女伴。不言而喻的是，女伴间的友谊，不能代替夫妻亲情，多情善感又向来自信的李清照，一心想找回往日的爱情和幸福。这就是她前往莱州寻夫的家庭和心理背景。

可以设想，假如是丈夫赵明诚来信请她，或派人接她，无时无刻不在想着尽快见到亲人的她，无疑会是"载欣载奔"前往莱州。由青州到莱州的实际距离并不远，但是一路上她却感到那么山高水长，心事重重……这究竟是为什么？如果按照女性话语、设身处地地读一读李清照在这期间写的两首《蝶恋花》（暖雨晴风、泪湿罗衣），并且细细体会，或许能够认同以下的文本解析。

如果只从时间因素着眼，《漱玉词》中能够确切和较确切编年的，不过《蝶恋花》（泪湿罗衣）、《临江仙》二首和《武陵春》总共这么四首。假如从心理因素，再结合作者使用词牌的习惯，即同一词牌往往连续写作不止一首，据此，还可以厘订出《如梦令》二首当是作者乍到汴京的处女作、《浣溪沙》四首是写于十六七岁的怀春之作、《临江仙》二首是在江宁一气呵成的叹"老"之作、《摊破浣溪沙》二首则是作者晚期写于"有三秋桂子"的西子湖畔。对李清照的这类词,用这样的一些方法加以分期和编年,误差不至于太大。但是对《声声慢》一词的系年就得另当别论。

论者几乎异口同声地说,李清照的《声声慢》是写于国破家亡之后,这里之所以将它系于中期,则主要是从用典和意象分析出发的。以词中的"梧桐"意象为例,李清照在青州时所写的《念奴娇·春情》词中是"清露"中的"新桐";这首《声声慢》是"细雨"中的秋桐;在作为江宁知府的赵明诚不无章台冶游之嫌的时候,她所写的《鹧鸪天》(寒日萧萧)一词中,是以"梧桐应恨夜来霜"来抒发她雪上加霜的内心苦衷;而在赵明诚亡故之后,李清照在祭奠他时则连呼"梧桐落"。这种使用意象的分寸和习惯,与我国诗词中以"梧桐半死"作为悼亡意象是十分吻合的。所以其中并无蘩纬之忱、又被有的专家称为寻觅良人的《声声慢》,不应系于作者的晚年,而是她在中年,为表达其难言之隐之所作。至于是写于作者独居青州之时,抑或乍到莱州之时,甚至南渡江宁期间,则均有一定可能。此处则将其系于乍到莱州所作。

## 蝶 恋 花[①]

### 离 情

暖雨晴风初破冻,柳眼梅腮,已觉春心动[②]。酒意诗情谁与共,泪融残粉花钿重。　　乍试夹衫金缕缝,山枕斜欹[③],枕损钗头凤[④]。独抱浓愁无好梦,夜阑犹剪灯花弄[⑤]。

① 蝶恋花:本名《鹊踏枝》,又名《凤栖梧》,始见于五代冯延巳首句作"六曲阑干偎碧树"、"几度凤栖同饮宴"等14首,且皆杂言体。入宋,由晏殊将杂言体改为《蝶恋花》,其名本于梁简文帝萧纲《东风伯劳歌》的"翻阶蛱蝶恋花情"诗句。

② 春心：这里是指被春景触动的心情，而非指少女之"怀春"。

③ 山枕：两头隆起如山形的凹枕。一说只是指高枕。欹：同倚，靠着。

④ 钗头凤：古代妇女的一种首饰，钗头作凤凰形。

⑤ 夜阑：夜深。灯花：灯心余烬结成的花形。相传灯花为喜事的预兆。

　　这首词虽然带有闺阁气，但却不同于"雌男儿"笔下的脂粉、香艳之作，恰如有论者指出的："她不向词的广处开拓，却向词的高处求精；她不必从词的传统范围以外去寻新原料，却只把词的范围以内的原料醇化起来，使成更精致的产物。"（傅东华《李清照》）是的，此词的原料是婉约词家常用的良辰美景和离怀别苦，而经过作者的一番浓缩醇化，的确酿出了新意。比如，紧接破题的"柳眼梅腮"，与"绿肥红瘦"、"宠柳娇花"相并列，被称为"易安奇句"（沈际飞语）。此句之奇，在于意蕴丰富、承前启后，既补充起句的景语，又极为简练地领出了一个春心勃发的思妇形象。

论者在称道此词写景之工的同时,多已注意到作者以乐景衬哀情,倍增其哀的匠心所在:她先大笔渲染冬去春来,雨暖风晴,柳萌梅绽,景色宜人。接着写面对大好春光,之所以无心观赏,是因为没有亲人陪伴,只得独自伤心流泪。宜人的美景、华贵的服饰她全然不顾,在"暖雨晴风"的天气里,无精打采地斜靠在枕头上,任凭头饰枕损。至此,上述思妇的形象已跃然纸上。

结拍二句"独抱浓愁无好梦,夜阑犹剪灯花弄",虽然不及"人似黄花瘦"和"怎一个愁字了得"等句被广为传诵,然而就词意的含蓄传神,以及思妇情思的微妙而言,此句亦颇有意趣,堪称"入神之句"(贺裳语)。

总之,这首词写得蕴藉而不隐晦,妍婉而非香艳;流畅不失于浅易,怨悒不陷于颓唐,是一首正宗的婉约词。


## 蝶 恋 花

### 晚止昌乐馆寄姊妹①

泪湿罗衣脂粉满,四叠《阳关》②,唱到千

千遍。人道山长山又断，萧萧微雨闻孤
馆。　　惜别伤离方寸乱③，忘了临行，酒盏深
和浅。好把音书凭过雁④，东莱不似蓬莱远⑤。

① 昌乐：宋县名。由青州赴莱州须经昌乐县。

② 四叠《阳关》：王维《送元二使安西》诗和乐后成为送别名
   曲，反复演唱谓之《阳关三叠》。流传至宋，每句皆叠，故此
   言"四叠"。

③ 方寸：指心。

④ 凭：请求、托付的意思。

⑤ 东莱：今之山东莱州，曾名掖县。蓬莱：一说指渤海中的
   三神山之一的蓬莱仙岛。这里"蓬莱"或含有"武陵"、"天
   台"之意，从而隐含词人的心事。

　　关于李清照的生平和创作，以往被分为前后二期。
历来认为她前期生活美满、婚姻幸福。"诸书皆曰与夫
同志，故相亲相爱之极"（郎瑛语）。这虽然几成共识，
但却不完全符合实际。依照二期说，此首无疑是前期所

作。此时作者只有三十八岁，离"靖康之变"还有五年，离丈夫逝世整整八年。词的内容并非伉俪暌违，倒是夫妻即将相见，而且是她自己主动前往。按说届时她应该喜形于色才是，词的基调反倒如此悲苦，这是发人深思的。

不妨设身处地地想一想：一个即将与最亲密、最想念的人团聚的多情女子，在告别姊妹（并非亲生）时，难免伤感或流泪，此系人之常情。而李清照却痛苦到泪如泉涌，以至冲掉脸上的脂粉，污染了衣衫。走到半路，心情更加沉重，以至把对未来的希望仍然寄托在"姊妹"身上。这难道不是隐喻着其对丈夫的怀疑或失望？本来青州到莱州的实际空间，谈不上那么山高水长。词中所云"人道山长山又断"，当是喻指她与丈夫的心理空间，是一种前程未卜的揪心。眼下又离开情同手足的"姊妹"愈来愈远，前不着村后不着店，孤馆闻雨，凄苦无似！这当是上片的词旨所在。

下片写她临行时乱了方寸，以至忘了喝了多少酒。这其中亦当别有寓意，即她虽然身在离筵，心里却悬挂着——自己即使到了丈夫身边,倘若他把我视为不受欢迎的人,该如何是好!心里藏着这样的难言之隐,其方寸如何不乱?看来在这里,词人是有意以离情来掩盖怨情。

## 声　声　慢①

寻寻觅觅,冷冷清清,凄凄惨惨戚戚②。乍暖还寒时候③,最难将息④。三杯两盏淡酒,怎抵他、晓来风急⑤。雁过也,正伤心,却是旧时相识。　　满地黄花堆积,憔悴损,如今有谁堪摘⑥。守着窗儿,独自怎生得黑⑦。梧桐更兼细雨,到黄昏、点点滴滴。这次第⑧,怎一个、愁字了得。

① 声声慢:又名《胜胜慢》、《人在楼上》等(详见下文)。

② "寻寻觅觅"三句:此词起拍连用十四叠字,既令词家倾倒,亦为历代论词者所称道,并公认为这在形式技巧上是奇笔,甚至谓其前无古人,后无来者。其实,此十四叠字,既

是李清照的独创,亦有其对韩偓《丙寅二月二十二日抚州
如归馆雨中有怀诸朝客》诗中"凄凄恻恻又微釅"等句的一
定取义和隐括。

③ 乍暖还寒:此虽与张先《青门引》的"乍暖还轻冷"的字面
相近,但节候不同,张词写的是早春里的轻寒,而李词是写
深秋时的感觉,意谓暖意只在刹那间。

④ 将息:保养休息的意思。

⑤ 晓来风急:今本多被误作"晚来风急"。此误始见于杨慎
《词品》卷二。论者多以为此词是写作者"黄昏"时一段时
间的感受,因"晓"字与下片的"黄昏"相抵牾。即使《词
综》及其前后的约十几种版本皆作"晓来风急",亦未引起
应有注意,以致今人的版本和论著,除俞平伯、唐圭璋、吴
小如、刘乃昌等很少几家外,多作"晚来风急"。而梁令娴
《艺蘅馆词选》,此句不仅作"晓来风急",并附有其父梁启
超这样的眉批:"这首词写从早到晚一天的实感。那种茕
独凄惶的景况,非本人不能领略,所以一字一泪,都是咬着
牙根咽下。"这几句话,对词旨阐释得深入浅出尚且不说,
更要紧的是它走出了此词流传中的一大误区。"从早到
晚",也就是词中的由"晓来"到"黄昏"云云。

⑥ 有谁堪摘：言无甚可摘。谁，何，什么。

⑦ 怎生：怎样，如何。

⑧ 这次第：这情形，这光景。


　　前人和他人大都以为这首词是赵明诚病逝后所作。词人所抒发的是国破、家败、人亡的凄惨境况。对此，笔者姑称之为"误解"。

　　首先，这一"误解"直接违背了李清照所郑重提出的词"别是一家"的理论主张。在词人前期和中期的创作中一直是恪守这一主张，所作词中一无乡国之念，惟有儿女情长，比如她所担心的丈夫的"章台"之游和自己的婕妤、庄姜之叹等等。这既是人生中高尚和强烈的痛苦，又是个人的难言之隐。此类事只要露出一点痕迹，也会被认为"不雅"。成书于李清照六十三岁时的《乐府雅词》，之所以没有收录这首《声声慢》，绝不是因为此词写于《乐府雅词》成书之后。当主要是因为涉及隐衷，而被视为"不雅"所致。

　　其次，在青州，也就是李清照的中年时期的词作中有"玉阑干慵倚"和"望断归来路"云云"等人"话语,而此词中的"守着窗儿,独自怎生得黑",其"等人"意象更为明显。而词人所等待和寻觅的不是别人,正是她在《凤凰台上忆吹箫》中"千万遍《阳关》,也则难留"的、走"远"了的"武陵人"——赵明诚! 故此词亦当写于作者正值中年的青、莱、江宁时期。

第三,笔者之所以不把此词看成忧伤国事之作的原由,还在于考虑到它的立意。而词的立意,又往往与选用何种调式密切相关。《声声慢》,又作《凤求凰》,其与贺铸"殷勤彩凤求凰"之意有关,而贺词又是用司马相如琴挑卓文君事。看来,此词的曲折所尽之意,就是要把作者自己眼下的苦衷,歌给当初梦寐以求想作"词女""之夫"的赵明诚听!

第四,此词基调不胜悲苦,主要是因为所写内容是被公认的个人情感痛苦中最为沉重的爱情痛苦。而这种痛苦在很大程度上恐怕有甚于嫠纬之忧和悼亡之悲。诗词中有时被作为夫妻双双生命象征的"梧桐"意象,在此词中只是处于"梧桐更兼细雨"的困境之中,而未沦为"飘落"之时。这种困境不是指生命的陨灭,只是象征处境的难堪,而这又与当时主人公的心境十分吻合。对于梧桐的"飘落"和"半死"在诗词中含有悼亡之意,看来李清照是十分清楚的,所以在她有涉于梧桐意象的四首词中,掌握得极有分寸。只有赵明诚病故,她所写的悼亡词《忆秦娥》中,始用"梧桐落"这一真正含有悼亡之意的意象。把"细雨"中的"梧桐"视为悼亡意象,当是导致误解此词的主要原因之一。

　　第五,对这首《声声慢》来说,其最好的版本当推上述带有梁启超眉批的《艺蘅馆词选》。只有把词的第七句作"晓来风急",才有可能发现此句当系取义于《诗·终风》篇的"终风且暴"句。《终风》篇的题旨有二说,一是《诗序》谓:"《终风》,卫庄姜伤己也。"二是《诗集传》云:"庄公之为人,狂荡暴疾,庄姜盖不忍斥言之,故但以'终风且暴'为比。"今天看此二说均有牵强之处,且第二种说法李清照无缘看到。但对第一种说法,她当与多数古人一样,自然是深信不疑的。况且她能够读到的尚有《左传·隐公三年》的这类说法:卫庄公娶于齐东宫得臣之妹，曰庄姜，美而无子，卫人所为赋《硕人》；《诗序》谓，庄公宠幸其妾，冷遇庄姜，故庄姜无子，国人闵之，为作此诗。不要说李清照，在她之后近千年的朱自清也相信此说，并认为："《硕人》篇要歌给庄公听。"（《诗言志辨》）李清照在"等人"不归、痛苦万状之际，将那些与自己身世有某种关联的材料，在词中加以隐括，从而歌给赵明诚听，不是没有可能的。

第六，从训诂方面看，"终风且暴"，王引之《经义述闻》曰："终，犹既也。"《毛传》曰："暴，疾也。"《尔雅·释天》："'日出而风曰暴'。""暴"又作"疾"解，"终风且暴"即可释为：破晓时分既风且疾，也就是"晓来风急"的意思。词人以此暗喻自己与庄姜相类似的"无嗣"和何以"无嗣"，可谓用心良苦！所以，此词之旨既非亡国之痛，亦非嫠纬之忧，而是以"铺叙"之法，表达词人从"晓来"到"黄昏"，寻觅和等待良人，而不见其踪影的难言之隐和"被疏无嗣"之苦。因而词中作"晓来风急"是顺理成章的，作"晚来风急"则是以讹传讹，从而造成对于整个词旨的误解，甚或曲解。

# 六、"人老建康城"（1128—1129）

　　连千百年后的梁启超都被深深打动了的李清照《声声慢》，并非铁石心肠的当事人赵明诚岂能不为之动容，从而回心转意，将一度像是被置于"冷宫"的前来寻夫的李清照请回到其在莱州官舍的书房静治堂，两人共同重操金石旧业。不久，堪与欧阳修《集古录》媲美的、署名赵明诚的《金石录》便"装卷初就"。在此之前，赵明诚于胶水县（今山东青岛平度市）天柱山之阳和莱州云峰山麓，尚有书法珍品《郑羲上下碑》的惊世之获。金石、书法诸学给赵、李所带来的乐趣远在声色狗马之上，也使他俩再度回到"夫妇擅朋友之胜"的无比温馨之中……

转瞬，赵明诚知莱州秩满移知与李清照的乡里毗邻的淄州（今山东淄博市）。在这里，赵明诚除了在金石文物方面有更多创获之外，他还以其勤政爱民的廉吏形象，被乡人称重为"有素心之馨"，在公职方面，还做了一件为朝廷分忧解难之事，遂被"录功"、转官晋级。此时，赵、李夫妇益发相赏如初，赵明诚亲切地称李清照为"细君"。及得白居易书《楞严经》（今人或以之为赝品），赵明诚上马疾驰归家，夫妇相对展玩，狂喜不支，更深不寐……

正在赵、李迷醉于金石书画搜求整理题跋之时，汴京沦陷，史称"靖康之变"。于是他俩预感到多年购置、抄写的大宗文物书籍，必将不再为自己所有，为此夫妇二人"且恋恋，且怅怅"……

大约靖康二年二三月间，郭氏卒于江宁（今南京市）。得到噩耗，赵明诚急忙奔母丧南下，李清照便从淄州赶回青州，独自夜以继日地筛选文物准备南运。未料，宋高宗建炎元年十二月，青州发生了一次地方兵变。李清照逃往江宁，青州故第的十余屋书册什物，已化为灰烬。

　　李清照从熊熊兵火的青州逃至镇江时，又遇江外之盗，士民皆溃，妻女遇害。她却以其大智大勇，保住了蔡襄所书《赵氏神妙帖》这一稀世之宝，将其"完璧归赵"。建炎二年三月十日，赵明诚动情地为此帖写下了这样一段跋语："此帖章氏子售之京师，余以二百千得之。去年秋西兵之变，余家所资，荡无遗余。老妻独携此而逃。未几，江外之盗再掠镇江，此帖独存。信其神工妙翰，有物护持也。"

　　李清照于建炎元年底或二年初逃抵江宁时，由于她对这个大家庭的非同寻常的贡献，全家人，尤其是她的心上人赵明诚更对她充满了温存和爱意。作为江宁重镇最高长官的夫人，此时李清照的内心颇感轻松和畅快。大凡人在忧喜交替之时，往往是诗神降临之日，更何况素有烟霞之好和"咏絮"之才的易安居士！大约在建炎二年初春或是年隆冬，每逢天大雪，李清照就头戴箬笠、身披蓑衣，沿着金陵古城远览寻诗。而其所寻诗句很可能就是相传讥讽士大夫、使赵明诚难以赓和的："南渡衣冠少王导，北来消息欠刘琨"、"南来尚怯吴江冷,北狩应悲易水寒"等等"惊人"之句。与这些诗旨趣相仿的,还有在"上巳"日的一次家宴之后,她所写的一首梦忆旧都的《蝶恋花》,以及寄寓家国之念的《鹧鸪天》(寒日萧萧)和《菩萨蛮》(归鸿声断)诸词。

在李清照写于江宁的作品中,有两首调寄《临江仙》和一首《诉衷情》,假如只是就词论词的话,这类词很难读懂。而如果联系赵明诚此时的形迹和李清照的某种心理加以逆探,对作品的题旨便可发前人所未发。关于江宁知府赵明诚的形迹,有史有事可稽者,至少有这样几个方面:

正面看来,赵明诚是一位儒雅的军政长官。宋、金尖锐对峙时期的江防重镇的知府,洵非等闲之辈所可膺任。况且在要务之余,他尚有与僚属唱和之雅兴。虽然赵明诚的文学作品迄今尚未被发现,但其同僚韩驹的"戏赵"、"和赵"之作,在新版《全宋诗》中可以找见。而赵明诚形象的另几个侧面却是令人失望的——他曾把他人的文物珍藏据为己有;他仿佛还是一个深夜不归的章台游冶者——这是因为上述《诉衷情》、《临江仙》

等词中似乎隐含着一种所谓"庄姜之悲"的难言苦衷，即指女子与春秋前期的卫庄姜类似，因被丈夫疏远而无亲生子嗣所发出的命运悲叹。赵明诚在江宁知府任上的另一件不够体面的事是所谓"缒城宵遁"，把自己用绳子系着从城楼上放下来，趁着夜色逃跑。这是一种为自保性命而临阵脱逃的严重失职行为。因此，赵明诚所任江宁知府未及秩满即被罢官。丈夫的这些有损于其自身形象的行为，在志气高迈的李清照心里岂能不激起某种波澜，从而产生相应的作品呢？

## 临　江　仙 并序①

欧阳公作《蝶恋花》②，有"深深深几许"之句，予酷爱之。用其语作"庭院深深"数阕，其声即旧《临江仙》也。

庭院深深深几许，云窗雾阁常扃③。柳梢梅萼渐分明，春归秣陵树，人老建康城④。感月吟风多少事，如今老去无成。谁怜憔悴更凋零,试灯无意思⑤,踏雪没心情⑥。

① 临江仙：又名《庭院深深》等,其调名缘起歧说甚多。一说此调"多赋水媛江妃"故名;一说据敦煌词有"岸阔临江底见沙"句,云词意涉及临江;一说"唐词多缘题,所赋《临江仙》则言仙事;《女冠子》则述道情;《河渎神》则咏祠庙。大概不失本题之意"（黄昇《花庵词选》卷一）。李清照此词则是一首感叹身世,曲折表达隐衷之作。

② 欧阳公：欧阳修,其作《蝶恋花》词："庭院深深深几许,杨柳堆烟,帘幕无重数。玉勒雕鞍游冶处,楼高不见章台路。　　雨横风狂三月暮,门掩黄昏,无计留春住。泪眼问花花不语,乱红飞过秋千去。"

③ 云窗雾阁：语出韩愈《华山女》诗："云窗雾阁事恍惚,重重翠幔深金屏。"这里是以云雾缭绕比喻楼阁之高。扃（jiōng）：关锁。

④ 秣陵、建康：均指今江苏南京。作为古都,历代数次更名。楚威王以其地有王气,埋金镇之,名曰金陵。秣陵,是秦始皇所改,东汉孙权迁都于此改名建业。晋初又改名秣陵。后分秦淮河南为秣陵,北为建邺。建兴元年（313）,因避晋

愍帝司马邺讳改名建康。北宋时称江宁,南宋高宗建炎三
年(1129)五月又改称建康。

⑤ 试灯:我国阴历正月十五日为元宵节,晚上张灯结彩,以祈
　　丰年。十四日张灯预赏,叫做试灯日。

⑥ 踏雪:指作者雪天顶笠披蓑,循城远览觅诗之事。据周辉
　　《清波杂志》卷八记载:"……顷见易安族人,言明诚在建康
　　日,易安每值天大雪,即顶笠披蓑,循城远览以寻诗,得句
　　必邀其夫赓和,明诚每苦之也……"

看来《词论》是写于隐居青州前期李清照心得意满
之时,当时她曾对欧阳修等人的词表示不满说:"至晏
元献、欧阳永叔、苏子瞻,学际天人,作为小歌词,直如酌
蠡水于大海,然皆句读不葺之诗尔,又往往不协音律。"
这里虽然在"音律"等方面对欧阳修的批评不无苛求之
嫌,但作为名公大臣,欧阳修热衷于作"小歌词",这在
当时被认为是不够光彩的事。况且欧词,特别是其《醉
翁琴趣外篇》还被认为"鄙亵之语,往往而是,不止一二
也"(《吴礼部诗话》)。这种对于欧词的尖锐批评,虽

然出自李清照不得而知的后人之口,但欧词本身的这类问题却是早已存在了的。对于致力于词的纯洁和尊严的李清照来说,对此类问题表示不满,洵为顺理成章之事。那么,约在二十年之后的身居"建康城"之际,她为什么又说"酷爱"欧句,这是否是一种前后龃龉之说呢?

问题的症结不在这里,而在于上述欧词中的女主人公既与班婕妤的命运相类似,也与常年被锁在危楼高阁中的李清照有某种同病相怜之处。同时欧词中所写的那个乘坐着华贵的车骑的"章台""游冶"者,恐怕正是词人所担心的自己丈夫所步之后尘。原来在这里李清照是借"醉翁"的酒杯浇自己的块垒。所以她不满和"酷爱"欧词,各有道理,不是同一说法的前后龃龉和矛盾。

对于此词的异解很多,其中最耐人寻味的是"感月吟风多少事,如今老去无成"二句。上句当指词人偕丈夫在青州时,花前月下相从赋诗等标志着其夫妇情深意切的诸多往事,而对下句的"无成",却不能理解为:"词人在感叹事业无成!"因为彼时的女子谈不上事业的有成无成,这当是作者自叹年华已去,丈夫又有成为"章台""游冶"者之嫌,自己再无生儿育女之望,故谓"无成"!她一再重复的"老"字,主要当是指生育年龄,实际上她当时至多四十六岁。看来这首词所隐含的是一种有甚于"婕妤之叹"的"庄姜之悲",而后者又是前者的自然结果。正因为笼罩词人内心世界的是如此深重而难言的苦衷,所以连正月十四日预赏花灯和踏雪寻诗这样的雅兴,也不复存在了。

## 诉　衷　情[①]

夜来沉醉卸妆迟,梅萼插残枝[②]。酒醒熏破春睡,梦远不成归。　　人悄悄,月依依,翠帘垂[③]。更挼残蕊[④],更捻余香[⑤],更得些时。

[①] 诉衷情:又名《桃花水》、《试周郎》。李清照此词题旨与调名本意相近。一说此调名或取自《离骚》:"众不可户说兮,孰云察余之中情?世并举而好朋兮,夫何茕独而不予听?"

此说与陆游的"当年万里觅封侯"之词旨倒更相契合。

② "夜来"二句："沉醉"云云,当系化用《诗·邶风·柏舟》的"微我无酒,以敖以游"二句。梅萼,梅的萼片,这里代指梅。

③ "人悄悄"三句:既是化用《诗·邶风·柏舟》的"忧心悄悄"等等的句意,亦可能同时对顾敻《献衷心》一词的"人悄悄,月明时"等句有所取意。

④ 挼(ruó):揉搓。

⑤ 捻:用手搓转,其揉搓程度比"挼"更进一层。


对此词起拍所化用的"微我无酒,以敖以游"之句意,古今多有异解。但词人很可能是受到刘向《列女传》的影响,相信《柏舟》篇是一女子所作。果真这样理解的话,要比汉唐某些旧解更切实际。尽管李清照不大可能见到朱熹《诗序辨说》对《柏舟》题旨的见解,说朱熹受到李清照的影响也很玄,可能性较大的是不谋而合。朱熹不仅以为《柏舟》确系女子所写,并进而指出:此系妇人不得于夫而作。这简直是说出了李清照不敢明说的内心怨言。惟其不敢明言,才在起拍借用"微我"二句委曲道之。"微我无酒,以敖以游"二句,在《柏舟》篇的原意是:不是要喝没有酒,也不是想游无处游,而是我心中别有隐忧。此词的"夜来"二句则意谓:昨夜我喝得沉醉不醒,以致首饰卸迟、梅妆凋残,那是因为我正像《柏舟》篇的作者一样,心中也有隐忧的缘故。

"酒醒熏破春睡,梦远不成归"二句的表层语义是说,酒劲渐消,梅花的浓香将我从春睡中熏醒,使我不能在梦中返回日夜思念的遥远故乡。而其深层语义则当是这样的:梅的香气把人熏醒,不得返回故里重温往日夫妻恩爱的美梦。对于这种解释很可能有不同看法,认为这是无视此词的思想意义,把李清照的家国之念,竟当成儿女私情!

不能这样看!不是说词人不忧国不思乡,而是按照她词"别是一家"的观点,其忧国思乡等等的庄重情思,主要是诉诸诗、文。在赵明诚去世之前,现存《漱玉词》中,除了二三首风物、时令词和仅见的一首寿诞词,其他几乎全是抒发儿女私情,况且《诉衷情》这一词调又名《桃花水》,李清照此词所承续的当是《花间集》中毛文锡的两首同调的儿女情事词。

在这里有必要赘言的是，解读《漱玉词》有一点须特别留意，即李清照与男性作者很不一样。他们往往把政治抱负托之于"美人香草"、把怀才不遇寓之于儿女情怨。如果说秦少游把他日思夜想的"苏门"师友，有意说成是他与"玉楼"佳丽和"东邻"靓女的藕丝之连，那么，李清照则往往故将其内心怀恋的伉俪亲情，托之以故国旧家之思。否则，就此词而论，如果所抒系亡国之痛，她哪能眼巴巴地用消磨时间来等待痛苦的缓解呢？很显然，在这里作为思妇的主人公，她手捻"余香"所等待的只能是"良人"！

"人悄悄"化用《柏舟》篇的"忧心悄悄"之句意，极言忧愁之深。如果把"人悄悄，月依依，翠帘垂"合解，其意当是：帘幕低垂明月多情，照我"无眠"。如以流行语说来，则可谓：你问我忧愁有多深，明月知道我的心。

"更挼残蕊"，与以下将要涉及的《清平乐》的"挼梅"意象略同，都是以冯延巳《谒金门》一词所刻画的那个"终日望君君不至"的宫女的"手挼"之物为典的，只是宫女所揉搓的是"红杏蕊"罢了。此词的最后三句意思是,主人公用揉搓残梅来消磨难熬的时光。言外之意当是:从沉醉到酒醒,从天黑到夜深,丈夫迟迟不归,妻子便想方设法拖延些时间,殷切等待。在一定的时代和心理背景下,李清照的这首《诉衷情》,不仅比《柏舟》、"花间"、南唐诸作有青蓝之胜,究其底蕴,其中兼含多种伤心断肠之事,这比单纯的"婕好之叹"更为难堪。

## 鹧　鸪　天

　　寒日萧萧上琐窗①,梧桐应恨夜来霜。酒阑更喜团茶苦②,梦断偏宜瑞脑香③。　　　　秋已尽,日犹长,仲宣怀远更凄凉④。不如随分尊前醉⑤,莫负东篱菊蕊黄⑥。

① 萧萧:冷落萧索的样子。琐窗:雕刻有连环图案的窗子。多本作"锁窗",当以"琐窗"为胜。

② 酒阑:据《史记·高祖本纪》裴骃集解:"阑"是稀的意思,

说是饮酒的人一半离开，一半还在叫做"阑"。这里当指饮酒过多或借酒浇愁。团茶：这里指一种特制的贵重茶饼。对于团茶的成色，详见欧阳修《归田录》卷二。

③ 瑞脑：即龙脑，一种香料。

④ 仲宣：王粲字，东汉山阳高平（今山东金乡）人。以诗赋见长，"建安七子"之一。十七岁避乱往依荆州牧刘表，以其貌不扬、体弱多病，不被重用，作《登楼赋》抒发思念故乡和怀才不遇的心情。

⑤ 随分：犹随便。尊前：指宴席上。尊，同樽。

⑥ 东篱菊蕊黄：化用陶潜《饮酒》二十首其五的"采菊东篱下"句。


此首当写于建炎二年秋。是时赵明诚尚在江宁知府任，但李清照此作的基调却很低沉。词中既有家国之念，亦隐含身世之叹。如果说《淮海词》中多有将身世之感打并入艳情之作，那么李清照的这首词，是继其《蝶恋花·上巳召亲族》一类作品之后的又一首将身世之叹打并于家国之思的词作。这类词的意义还在于它突破了作者原有的诗、词界限，使家国之念在被儿女私情所盘踞的《漱玉词》中，开始占有重要空间。

　　首句以"寒"字形容日光，加上第二句的霜打梧桐之景，可见已时至深秋。女主人公在精神上为什么那样痛苦，以至感到度日如年、比怀才不遇的王粲更感凄凉？现存《漱玉词》中至少有两首涉及王粲。另一首是北宋时期所写的《满庭芳》。那时词人尚无家国之念，她的心情与作《登楼赋》时的王粲不一样，故云"何必临水登楼"。而写此词时的李清照既有往日的"婕好之叹"，又有眼下的家国之念，所以下片的"仲宣怀远更凄凉"一句，实际上是讲她自己当时的处境比王粲更"凄凉"！

　　最后的"东篱菊蕊黄"，承上句的随意饮酒之意，令人深感词人的万般无奈。她既想旷达饮酒以避乱世，提到"东篱"，又怎能不忆及其"黄花比瘦"之句所隐含的身世之戚！


# 菩　萨　蛮①

风柔日薄春犹早②，夹衫乍著心情好。睡

起觉微寒,梅花鬓上残③。　　故乡何处是,忘
了除非醉。沉水卧时烧④,香消酒未消。

① 菩萨蛮:又名《重叠金》、《花间意》、《梅花句》等。对于这
　 一调名的来历,众说纷纭。其一以为创于唐开元、天宝间,
　 而云《菩萨蛮》其调乃古缅甸乐,开元、天宝间传入中国,因
　 李白为氐人,幼时即受西南音乐影响。开、天年间李白流
　 落荆楚,路经鼎州沧水驿楼,登楼远眺,触发故乡之思,遂
　 以故乡之旧调作《菩萨蛮》词(参见杨宪益《零墨新笺》)。
　 其二以为敦煌曲《菩萨蛮》为唐德宗建中(780—805)初年
　 所作。其三以为创于唐宣宗(847—859)时。

② 日薄:早春阳光和煦宜人。

③ 梅花:此处当指插在鬓角上的春梅。一说指梅花妆,疑
　 非是。

④ 沉水:即沉水香,一种熏香料(详见《太平御览》卷九八二
　 引《南州异物志》)。

　　这虽然是南渡以后的作品,但从中却读不出泉路相
隔或悼亡之意。词人离开故乡南渡,首先到达的是江宁

（后改称建康）。李清照居江宁只有一年多，赵明诚于建炎三年（1129）二月被罢，三月迁离。此词当作于赵罢离江宁之前。

南宋初年，自然界的早春，东风柔和，天气渐暖，乍换春装，女主人公的心情也很好。一觉醒来，略感寒意，插在鬓发上的梅花也已凋残。为了解脱思乡的烦恼，她便有意醉酒。睡卧时点上沉水香，而在熏香燃尽之后，主人公还在沉醉之中——这便是寓目可知的此词的表层语义。

上片的"睡起觉微寒，梅花鬓上残"二句，既表明主人公盛装而卧，又似有春睡"凉初透"之怨。那么词人的心态，又与填写上首《诉衷情》时相仿佛，只不过这层意思更加委婉含蓄罢了。

此词特别值得玩味的是结句——"香消酒未消"，它似乎意味着作者"但愿沉醉不愿醒"，因为只有在沉醉中才能缓解亡国之痛。这是一种极为深沉的爱国情愫，其与此词的结穴之处"故乡何处是，忘了除非醉"，洵为同一机杼。

# 七、生离死别和流寓浙东(1129—1131)

赵明诚因失职被罢官不久,建炎三年三月就离开金陵古城,又一次处于逆境之中。此时此刻与其共患难的还是妻子李清照。他们原打算在今江西赣江一带择居安家。在从江宁乘船到今安徽芜湖时,舟过和州乌江县。这里建于唐朝的西楚霸王祠在《金石录》中有所记载,加之夫妻二人熟读《史记》,稔悉项羽事迹,前往凭吊自在情理之中。李清照触景生情,便写了本书导言中所征引过的那首《乌江》诗。

两个月后,赵、李抵达池阳(今安徽池州)时,适逢诏命赵明诚知湖州(今属浙江)。这就必须立即赴朝领命。赵明诚把家安在池阳,一个人急忙赶往行在建康应召。上路时,李清照乘船相送,一直送到赵明诚必须上岸改走陆路的六月十三日那一天。举手告别之际,赵明诚命令似地对妻子说:"在形势告急时,对宗庙礼乐之器,必须亲自负抱,与这些祭器共存亡,千万不能忘记。"说罢,遂骑马奔驰而去。

李清照在池阳仅仅过了一个多月就接到丈夫卧病的书报,所患的是有热无寒的疟疾。这使她又急又怕,因为她深知明诚素来是个急性子的人,既然患的是热疟,就必定服寒药,这就更加危险。于是李清照就坐上船,一日夜行三百里,火速赶奔建康。明诚果然大服寒药,疟、痢并发,已达膏肓。八月十八日那天,赵明诚"取笔作诗,绝笔而终,殊无分香卖履之意"。在李清照看来,丈夫临终仍然心系家国,不像曹操那样内顾缠绵。她在极度悲痛中写下了一纸祭文(后人题作《祭赵湖州文》),又相继写了几首悼亡词,如《南歌子》、《忆秦娥》等。

赵明诚逝世的那年闰八月。李清照料理完丈夫的丧事后,时局更加紧张,她就派遣两位旧日部属把大宗的金石文物押送去投奔在洪州（今江西南昌）护卫高宗的伯母隆祐太后的赵明诚的妹夫李擢。不料，李擢和他的父亲闻风而逃。洪州失陷，李清照派人运去的书画文物也都化为云烟。此时重病在身的她又差点受到奸黠善佞的高宗御医王继先以贱价购其全部文物的讹诈。在金人加紧进逼时，李清照走投无路，只得投奔负责编辑诏书的敕局删定官小弟李远。李远是跟随御驾行动，李清照乘船在浙东一带紧紧追赶御舟却处处扑空。正在这时她又听到传言，说赵明诚在世时，曾以玉壶投献金人，贿赂通敌，即所谓"玉壶颁金"。李清照在《〈金石录〉后序》中，关于此事的来龙去脉大致是这样说的：在赵明诚病危时，有一个被叫做张飞卿学士的人，带着一把样子像玉、实际是石制的壶给赵明诚看了一下就带走了。于是"玉壶颁金"的谣言就传开了，还传言有人秘密弹劾此事。

为了湔洗"玉壶颁金"之诬，李清照携家中铜器在浙东追赶高宗以投进。当她于建炎四年二三月间追踪来到今浙江温州时，又一次扑了空。这里的名胜江心孤屿的景致很幽雅,但传来的消息却很惊人,说是金人紧追不舍,朝廷已备好大船,登舟奏事,不日将逃往福州或泉州避兵。这样,李清照就不能不考虑自己的去向。此前,婆母已迁葬泉州。这时赵明诚的次兄已在泉州做官并家于是州,聚族而居。这一切既是促使李清照南去泉州之想的重要因素,也当是其《渔家傲·记梦》词写作的时代和家庭心理背景。至于她为何最终未尝赴闽归族,以往曾考虑到她为御舟行踪所左右之故,此外或许还有其他更深层次的原因尚待探讨。事实是身为嫠妇的李清照独自流寓两浙,以至在大病中造成再嫁匪人之悲剧。

建炎末年,在李清照流寓浙东期间,还写有《好事近》词和《咏史》等作品。

# 乌　江①

生当作人杰,死亦为鬼雄。
至今思项羽②,不肯过江东③。

① 乌江：因版本不同，此诗又题作《绝句》和《夏日绝句》。

② 项羽：名籍，秦末农民起义领袖，其所领导的楚军，在推翻暴秦的统治中起过重大作用。秦亡后，在楚汉战争中，项羽被刘邦打败。

③ 江东：习惯上称安徽芜湖以下的长江南岸地区为江东。


这首诗的写作背景，在本节概说中已作了交代。其写作特点主要是语言明白如话，用事无迹且不难懂。比如"人杰"和"鬼雄"，虽不难看出这是对杰出人物和死于国事的战士的褒美之语，但却不是随意杜撰之辞。"人杰"是刘邦称赞张良、萧何和韩信的话："此三者，皆人杰也。吾能用之，此吾所以取天下也。"（《史记·高祖本纪》）"鬼雄"，出自《楚辞·九歌·国殇》的"身既死兮神以灵，魂魄毅兮为鬼雄"。诗的前两句是说，人活在世上就应该做一个像张、萧、韩那样的治国平天下的豪杰，死后则应该成为像屈原所歌颂的为国捐躯者鬼魂中的枭雄。

后二句用项羽的故事，意谓项羽在生死关头不肯过江苟安,不失为盖世英雄。他在楚汉战争中被刘邦击败,最后从垓下突围至乌江(今安徽和县东北一带)。乌江亭长把船靠岸,请求项羽上船,并说:"江东虽小,地方千里,众数十万,亦足王也,愿大王急渡。今独臣有船,汉军至,无以渡。"项羽笑曰:"天之亡我,我何渡为!且籍与江东子弟八千人渡江而西,今无一人还,纵江东父兄怜而王我,我何面目见之?纵彼不言,籍独不愧于心乎?"遂自刎而死。(事见《史记·项羽本纪》)

李清照如此钦佩项羽这位末路英雄,这在当时不啻是一种独到之见,亦不失为一种可取的英雄史观。但此诗的意义主要不是在歌颂项羽,而是与她在建炎初年所写的前引二诗联类似,旨在讥讽不图恢复的南宋朝廷和宋高宗的逃跑主义。这首诗虽然只有四句,但蕴含的道理却发人深思,因此不能拘泥于字面而应该看到即使诗人的初衷,也当不全在于对项羽"不肯过江东"本身的称颂。尽管不是在提倡以成败论英雄,但项羽的失败并不是什么值得效仿的英雄行为。此外,诗人提倡生作人杰,死为鬼雄,当类似于今天所说的人要有一点精神、要有志气的意思,而与那种志大才疏、徒有豪言壮语自封的"英雄"是有本质区别的。我们既崇尚那种叱咤风云光彩奕奕的英雄,也看重在日常生活中,默默地燃烧自己照亮他人具有烛光精神,和那种消耗自己滋补他人具有"维他命"素质的无名英雄。但愿有更多的人,去充当那种不再上演"别姬"悲剧的,既平凡又豪迈的新时代的人杰和英雄。

## 南 歌 子①

　　天上星河转②,人间帘幕垂。凉生枕簟泪痕滋③。起解罗衣、聊问夜何其④。　　翠贴莲蓬小,金销藕叶稀⑤。旧时天气旧时衣,只有情怀、不似旧家时⑥。

① 南歌子:又名《断肠声》等。一说张衡《南都赋》的"坐南歌兮起郑舞",当系此调名之来源。而李清照此词之立意,则与又名《断肠声》相合。

② 星河：银河。

③ 枕簟：枕头和竹席。

④ 夜何其：语出《诗·小雅·庭燎》："夜如何其？夜未央。"
谓夜已经到了什么时候了？其，语助词，表示疑问。

⑤ "翠贴"二句：谓主人公罗衣上绣制的花纹，因多年穿用，金
线已经磨损，鲜艳的花纹已经褪色，所绣制的莲蓬及荷叶
也变得小而稀疏。

⑥ 旧家：从前。在这里"家"为估量之辞，与作为家庭解之
"家"不同。


这首词当是赵明诚病卒后不久所作。结拍虽有
"旧家"字样，但此处并非以家喻国，而是一首悼亡词。
词中的每一句，都与作者夫妇间的情事有关。在李清照
二十一岁左右写《行香子》词时，已出现了"人间天上"
的字眼儿。那时她把自己被迫与丈夫分离比作被天河
隔开了的"牵牛织女"。时过境迁，如今与丈夫霄壤之
隔，自己成了"人间"的嫠妇。卧房帘幕低垂，独住寡
居。深秋时节词人和衣躺在床上，回想丈夫在世时一幕

幕情景,不禁泪如雨下,湿透了凉飕飕的竹枕。眼下她和衣睡到半夜三更,被凉气冻醒,一面解衣就寝,一面问——现在什么时辰了?

词的下片先从罗衣的变化写起——原是精美的罗衣已经褪色变旧,而人的心境更与从前大不一样了。也就是说,李清照通过这首词,将思念亡夫的种种"情怀",寄托在一件绣着莲蓬、藕叶的"罗衣"上,而且写得妙合自然,又深情动人。

## 忆 秦 娥①

临高阁,乱山平野烟光薄②。烟光薄,栖鸦归后③,暮天闻角④。　　断香残酒情怀恶,西风催衬梧桐落⑤。梧桐落,又还秋色,又还寂寞。

① 忆秦娥:又名《秦楼月》、《蓬莱阁》、《双荷叶》等。相传此调由李白词"秦娥梦断秦楼月"而得名,"秦娥",一说指秦

穆公女儿弄玉。

② 乱山："乱",在这里是无序的意思。平野,空旷的原野。

③ 栖鸦:此指乌鸦归巢。

④ 角:古代军中的一种乐器。此处含有敌军南逼之意。

⑤ 西风:秋风。催衬,催是催促的意思,衬可引申为帮衬。

这首词的写作背景与《南歌子》略同而稍后,均为悼亡之作。此词旧本或题作"咏桐",或将其归入"梧桐门"。这是只看字面,不顾内容所造成的误解。也可以把这种误解叫做"见物不见人",因为此处的"梧桐"是作为"人",也就是赵明诚的象征。在《漱玉词》中,作者的处境及其丈夫的生存状态,往往从"梧桐"意象的丰富多变的含义中体现出来。比如赵明诚健在时,她所写的《念奴娇》和《声声慢》中,是"清露"中的"新桐"和"细雨"中的秋桐。到了《鹧鸪天》(寒日萧萧上琐窗)一词中,而云"梧桐应恨夜来霜"。三者程度有所不同,但均不含悼亡之意。而这首词的基调就大不一样了——比如下片的"西风",其深层语义是指金兵。据记载,在南宋初年,每当秋高马肥之时,金兵便开展南扰、东进之攻势。在李清照看来,就像自然界的西风吹落梧桐一样,赵明诚的谢世与时局和金人的催逼有关。所以"西风"句就是以"梧桐"的飘落喻指赵明诚的亡故。

此词中特别值得玩味的是"梧桐落"一句。因为在古典诗词中,桐死、桐落既可指妻妾的丧亡,也可指丧夫。前者如贺铸《鹧鸪天》(又名《半死桐》)"梧桐半死清霜后,头白鸳鸯失伴飞";后者如《大唐新语》把安定公主的初次丧夫称之为"梧桐半死"。

## 渔 家 傲

### 记 梦

天接云涛连晓雾,星河欲转千帆舞。仿佛梦魂归帝所①,闻天语,殷勤问我归何处②。　　我报路长嗟日暮③,学诗谩有惊人句④。九万里风鹏正举⑤,风休住,蓬舟吹取三山去⑥。

① 帝所：天帝居处。这里当是比喻宋高宗的行在。

② 殷勤：指情意恳切深厚的意思。

③ "我报"句：意谓时光已晚而行程尚远。比喻力竭计穷，无可奈何。

④ 谩有：原意是指轻慢无分寸，或空泛的意思。此系自嘲。惊人句：或出自唐冯贽《云仙杂记》卷一《搔首问青天》事："李白登华山落雁峰，曰：此山最高，呼吸之气想通天帝座矣。恨不携谢朓惊人诗来，搔首问青天耳。"（见王仲闻《李清照集校注》，人民文学出版社 1999 年第二次印刷之《补记》）。

⑤ "九万里"句：典出《庄子·逍遥游》："鹏之徙于南冥也，水击三千里，抟扶摇而上者九万里。"词人借以抒发其南行意向。正举，指起飞。

⑥ 三山：《史记·封禅书》虽记载东海有蓬莱、方丈、瀛洲三神山，但此处则有兼指别称"三山"的福州之意。福州旧城内东有九仙山、西有闽山（乌石山）、北有越王山，因称其为三山。相传韩玉父是李清照的女弟子，她曾"自钱塘而之三山"，即从杭州到福州去寻找其食言之夫林子建。可见宋代人对于"三山"之行，是理解为南去福州的。

此首的写作时空及心态等有关背景,已见于前文之概说。

词之上片的"帝所"、"天语",字面上是说作者在梦中听到天帝向她发问,实际是她殷切企望追及、陛见高宗心理的幻化。因此,不管李清照的行踪是否到过福州或泉州,这首词的写作契机既与福州(三山)有关,更与"天帝"在人间的代表——宋高宗有关。在这之前一二年中,词人又确实"循城远览",寻得诸如"南渡衣冠少王导,北来消息欠刘琨"和"南来尚怯吴江冷,北狩应悲易水寒"等"惊人"的诗句。

此词中的"学诗谩有惊人句",当是以上创作实绩的带有讽刺和牢骚意味的概括。由此看来,这首一向被认为表达理想的浪漫主义的豪放词作,却有着极为直接而深刻的现实内容。

下片的"风鹏",显然是李清照南去"三山"(福州或泉州)意向的外化和象征。"九万里风鹏正举"一句的出典表明:"鹏"是徙于"南冥"的,也就是由北海往南海飞,与词人所向往的去向是一致的。所以她在词中运用这一典故非常恰当,如果她向往的是北方莱州的"三山",就不能以南飞之鹏为典。实际上从青州到莱州,并无云雾茫茫上接天际的水路可行,其必经之地则是她写《蝶恋花》(泪湿罗衣脂粉满)时下榻的昌乐驿馆。其由青州至江宁虽系南行,但"三山"不用作江宁的代称,而福州不仅是由温州至泉州的水行所经之地,并且别称"三山"。所以词中"蓬舟吹取三山去"的语言意义虽然可能指东海三神山,而其言语意义则是指福州,此其一;其二,由青州到江宁虽系"连舻渡淮,又渡江"(李清照《〈金石录〉后序》语)的水路,但远不及由温州至泉州舶行所给人的水天相连的感觉;其三,词之首句的"天接云涛连晓雾",倒很像是温州瓯江孤屿水天云雾实景的幻化。

王学初《李清照集校注》卷一曾说:在赵明诚已死、与张汝舟离异后,"清照似曾至闽"。这只是一种猜测,实际上,在现有的资料中,恐怕难以找到李清照确曾至闽的根据,只能说她曾有过南去"三山"之意向,其未能成行的根据倒是相当可信的:这是为当时宋、金之战的形势所决定的！在金兵相继攻破明州、定海（均属今浙江）后，原来的势头是继续南侵，可巧风雨大作，加之和州防御使、枢密院提领海船张公裕引大舶击散之。金兵退居明州，像侵占扬州时一样，焚其城，占领七十日遂后撤。不久高宗驻跸越州州治会稽，李清照也随之来到这里。至于她想南去"三山"而终未成行的家庭、心理及其他原因，尚须研究者深入探索。

# 八、从绍兴到杭州,再嫁离异及其他(1132—1134)

　　该当南宋不亡在金人手里,天公的狂风暴雨吓退了不习海战的金兵,宋高宗便由南逃泉州之想转而于建炎四年(1130)驻跸越州州治,李清照也随之来到了会稽(今浙江绍兴)。

　　翌年,改元绍兴,不久升越州为绍兴府,以年号为地名。朝廷如此看重"绍兴"二字,当取中兴发达之意。此时不仅朝廷大有转机,赵、李两家亦因缘而进。在此前后,高宗数次下诏褒录元祐忠贤,李清照的小弟李远在皇帝身边也受到重视,是年由宣义郎再转(升)一官。来到"千岩竞秀,万壑争流,草木蒙笼其上,若云兴霞蔚"(《世说新语·言语》引顾长康语)的会稽,李清照此时的心情是赵明诚去世以来不曾有过的宽舒。

几经辗转流徙，金石文物所剩无几，置于卧室之内，病中阅读玩赏，原以为此可"岿然独存"，谁知自己像保护头、目一样保存下来的几箱书画砚墨，却被梁上君子穴壁窃去卧榻之下的珍贵文物五竹筐，李清照为之悲恸不已，遂重赏收赎被盗之物。两天后，邻人钟复皓以十八轴求赏，方知盗贼不在远处。后世张居正为此事殊不平。失窃后，李清照痛不欲生，不久又病倒了……

朝廷因会稽从水路运来的粮食物资不敷官、军所用，诏命移跸杭州。李清照也从绍兴来到杭州，住进了她在《转调满庭芳》一词中所描绘的濒临池塘、芳草萋萋，绿树成荫、环境幽雅的庭院。在她四十九岁（绍兴二年）那年的春季患病时写了一首《春残》诗，至夏季病情日见危重，一度牛蚁不分。早在安徽池阳时，就觊觎赵、李带来的船载车满的大批贵重文物的张汝舟，此时他看到有不少空隙可钻，诸如：李清照病重，多日昏迷不醒；其弟单纯不谙世情；眼下除了他池阳张汝舟，还有一位誉满朝野大名鼎鼎的同名同姓者，自己大有鱼目混

珠之机可乘……张汝舟骗婚得手后，随即对李清照日加
殴击，意欲杀人越货。约三个月后李与张离异，并"讼
其妄增举数入官"，即告发张汝舟用谎报参加科举考试
的次数骗取官职。张遂受到编管柳州的惩处。依当时
刑律，告发亲人需服刑二至三年，李清照仅系狱九日，这
是因为得到赵明诚姑表兄弟、建炎末年曾与高宗共患难
的綦崇礼搭救的缘故。事后，李清照以《投内翰綦公崇
礼启》谢之。

李清照与池阳张汝舟离异后，病情虽有好转，但由
于不少亲朋对此事不够理解，她一度处境极端孤独，也
就更加思念相隔数千里之遥的故乡。大约写于绍兴二
年秋季的两首《摊破浣溪沙》就是上述心境的物化。

绍兴三年(1133)，李清照约五十岁。是年六月，朝
廷派尚书礼部侍郎韩肖胄使金，试工部尚书胡松年为副
使。临行，韩肖胄母子以社稷为重，言行慷慨，感人至
深。李清照缘此而作《上枢密韩公诗》古、律各一首，古
诗中有"欲将血泪寄山河，去洒东山一抔土"之句，足见
其羹不恤纬、惟国是爱的忠荩之概，另一首七律其旨亦

与此相同。

经过再嫁和离异风波之后,李清照愈加思念已故前夫赵明诚。作为"夫妇擅朋友之胜"的志同道合者,她对丈夫以毕生心血所编撰的金石学名著《金石录》无比珍重,在其逝世五周年之际,重读此书,挥泪写下了一篇堪称感天地泣鬼神的《〈金石录〉后序》。

# 春　残

春残何事苦思乡①,病里梳头恨发长②
梁燕语多终日在③,蔷薇风细一帘香④。

① "春残"句:此句字面上的意思是说,暮春时节为何苦苦思念家乡呢? 而其深层寓意则当是:由于对亡人的怀念更加重了思乡之情。

② "病里"句:此句的表层语义是,因为病体虚弱,梳妆吃力,怨恨头发太长。而其深层似含有发长识短,以至再嫁匪人的自责之意。

③ 梁燕语多：语出欧阳修《蝶恋花》词："梁燕语多惊晓睡，银
屏一半堆香被。"而李清照此句则意谓梁上双燕，雄雌相
伴，终日软语呢喃，仿佛彼此有说不尽的知心话。诗人以
此反衬之笔，抒发悼亡之感，情深意切。

④ "蔷薇"句：系隐括唐高骈《山亭夏日》诗"水精帘动微风
起，满架蔷薇一院香"而成，意谓一阵和煦的春风，穿过绣
帘，将蔷薇花的清香送入室内。此情此景，如果丈夫赵明
诚健在，该是多么令人赏心悦目，而今作为未亡人却倍加
伤感。


宋高宗绍兴二年（1132），李清照从绍兴来到杭州。
是年春季患病，病中愈加思念故夫故乡而作此诗。

《历朝名媛诗词》卷七评论此绝句说："甚工致，却
是词语也。"此见颇中肯綮理。李清照在其创作的早期和
中期，特别是在写作《词论》前后，对于诗和词在题材内
容方面的规定十分严格，其诗几乎都是有关江山社稷和
兴观群怨的，而其词则多抒写儿女情怀，婉转缠绵，语词
清丽，属"闺思"、"闺情"一类。到了后期，其诗、词距离

逐渐接近,以至被认为用"词语"作诗。本诗即是一例。

在对李清照诗、词作品的题材和体裁的体察中,在一定程度上似可这样说,除了家国事和儿女情之外,在其部分诗词中,尚有一种姑称为"中性"题材的作品,比如对于翎毛花卉,她的诗和词均有所涉足。以此诗而言,它基本也没有超出《论语·阳货》所规定的兴观群怨和"多识于鸟兽草木之名"的范围。此诗的妙处还在于,它以翎毛花卉有机地沟通了家国和悼亡两种不同的情思。

## 摊破浣溪沙①

病起萧萧两鬓华②,卧看残月上窗纱。豆蔻连梢煎熟水③,莫分茶④。 枕上诗书闲处好,门前风景雨来佳。终日向人多酝藉⑤,木犀花⑥。

① 摊破浣溪沙:又名《山花子》。原为唐教坊曲名,后用为词调。在南唐五代时即将《浣溪沙》的上下片,各增添三个字

的结句，成为"七、七、七、三"字格式，名曰《摊破浣溪沙》或《添字浣溪沙》。又因南唐李璟词"菡萏香销"之下片"细雨梦回"两句最有名，所以又有《南唐浣溪沙》之称。双调四十八个字，平韵。

② "病起"句：病起，发生、得病。萧萧：这里形容鬓发花白稀疏的样子。

③ 豆蔻：药物名，有行气、化湿、温中、和胃等功效。豆蔻连梢，语见于张良臣《西江月》："蛮江豆蔻影连梢。"熟水：当时的一种药用饮料。陈元靓《事林广记》别集卷七之《豆蔻熟水》："夏月凡造熟水，先倾百盏滚汤在瓶器内，然后将所用之物投入，密封瓶口，则香倍矣……白豆蔻壳拣净，投入沸汤瓶中，密封片时用之，极妙。每次用七个足矣。不可多用，多则香浊。"《百草正义》则说："白豆蔻气味皆极浓厚，咀嚼久之，又有一种清澈冷冽之气，隐隐然沁入心脾。则先升后降，所以又能下气。"

④ 分茶：杨万里《澹庵坐上观显上人分茶》诗有云："分茶何似煎茶好，煎茶不似分茶巧。"由此可见，"分茶"是一种巧妙高雅的茶戏。其方法大致是用重茶匙取茶汤注盏中，技巧高超的"分茶"者能使盏中之茶水呈现出图案花纹，甚至

文字诗句等。

⑤ 酝藉:宽和有涵容。《汉书·薛广德传》:"广德为人,温雅有酝藉。"

⑥ 木犀花:即桂花。桂花属木樨科。


　　从李清照的现存文字中,可以得知她至少患过两次大病。一次是在建炎三年(1129)的闰八月,那是因为丈夫去世悲恸、劳累过度所致;另一次患病更危重:"近因疾病,欲至膏肓,牛蚁不分,灰钉已具。"(《投内翰綦公崇礼启》)正在此时,一个名叫张汝舟的市侩小人,乘其之危骗了婚。一旦病情好转,便无法与其共处。在与张汝舟离异过程中,词人又蒙受种种毁谤,以至身系大狱……在这一切苦难终究过去、重病初愈之时,李清照写了这首词,记录了她在某一天继续服药治病的养疴生活,故此词约写于宋高宗绍兴二年(1132)八月,地点当在杭州西湖一带。

　　此时,李清照虽然至多五十岁,但这一年龄在古代则已被视为"晚岁",又因其境遇过于坎坷,故不满五十鬓发已经花白稀疏了。上片次句"卧看残月上窗纱"，试作如是解：或因词人曾有离异之事为世人毁谤和不解，人们都疏远她，故其从破晓醒来，直到"终日"，只能孤寂地卧榻观月、闲翻诗书以遣怀。鉴于"分茶"的技巧高、难度大，病中的词人，一则无此精力和雅兴；二则此系高朋聚会之举，这时的词人正因离异事承受着"多口"之谤，恐一时无人前来与其聚饮。故将"豆蔻"二句解为：大病尚未痊愈的主人公只能煎豆蔻熟水以作药饮，至于"分茶"之雅举尚与她无缘。

"枕上诗书闲处好"一句，可谓道出了读书三昧，所下"闲"字尤妙。"闲"可训作"安静"，又通"娴"，可作"文雅"、"熟习"解。"枕上诗书"，安然细绎，烂熟于心，方得真赏。紧接下去的"门前"句似暗中概写杭州西湖之美。在词人看来，西湖不仅有像柳永所描写的"有三秋桂子，十里荷花"的旖旎风光；亦有苏轼所称道的"水光潋滟晴方好，山色空蒙雨亦奇"的湖山佳境，雨中西湖尤为美不胜收。但这一切只能用"门前风景雨来佳"概而言之，因为词人深知杭州西湖已经成了某些人眼中的"销金锅"和"安乐窝",如果对其美景再大加渲染,岂不更加使之贪图享乐,不思恢复! 在这一点上,李清照与岳飞的爱国深情是一致的,而被赞为"过眼西湖无一句,易安心事岳王知"(《瞿髯论词绝句》)。

结拍二句中的"木犀花"是桂花的学名。词人不仅将桂花拟人化,而且把它比作像汉朝的薛广德那样,对人既宽和又有涵容。作者在她青春期所写的《鹧鸪天》(暗淡轻黄体性柔)一词中,曾称誉桂花"自是花中第一流"。看来,桂既是她的观赏对象,更是其理想的寄托,甚或是其人格的自况。

## 上枢密韩公诗二首并序①

绍兴癸丑五月,枢密韩公、工部尚书胡公使虏,通两宫也。有易安室者,父祖皆出韩公门下,今家世沦替,子姓寒微,不敢望公之车尘。又贫病,但神明未衰落,见此大号令,不能忘言。作古、律诗各一章,以寄区区之意,以待采诗者云。

## 其 一

三年夏六月②，天子视朝久③。凝旒望南云④，垂衣思北狩⑤。如闻帝若曰：岳牧与群后⑥，贤宁无半千，运已遇阳九⑦。勿勒燕然铭⑧，勿种金城柳⑨，岂无纯孝臣，识此霜露悲⑩。何必羹舍肉⑪，便可车载脂⑫。土地非所惜，玉帛如尘泥⑬。谁可当将命？币厚辞益卑⑭。四岳佥曰俞，臣下帝所知⑮。

① 此诗录自赵彦卫《云麓漫钞》卷一四。《宋诗纪事》卷八七等亦载录此诗，题作《上枢密韩公、工部尚书胡公》，并从"胡公"句起，将古体的一首分作两首。这与清照自序所云"作古、律各一章"不合。今从《云麓漫钞》作古、律各一首。由诗前小序可知，诗是写于宋高宗绍兴三年(1133)。是年春夏间，任军机防务最高机关——枢密院副长官的韩肖胄奉命出使金朝，给事中胡松年以试工部尚书身份任使金副使，去探望被俘在金的宋徽宗赵佶和钦宗赵桓。韩肖胄的

曾祖韩琦在仁宗、英宗、神宗三朝为相,祖父韩忠彦在徽宗建中靖国为相。李清照的祖父、外祖父和父亲可能曾得到过他们的举荐,故谓出其门下。韩、胡使金在当时是件大事,李清照说自己家门衰微,不敢去拜见他们,便写是诗表达她对南宋的一片忠爱之心。

② 三年夏六月:诗序则云:"癸丑五月。"史书记载韩肖胄奉命使金事在五月,诗云"六月",当指临行之时。

③ 视朝:君主临朝听政。

④ 凝旒(liú):《旧唐书·刘洎传》:"陛下降恩旨,假慈颜。凝旒以听其言,虚襟以纳其说……"凝,专注。旒,《礼记·玉藻》:"天子玉藻,十有二旒。"原为古代帝王冕冠前后悬垂的玉串,后用以代指帝王。凝旒指皇帝凝神专注。南云:陆机《思亲赋》:"指南云以寄款,望归风而效诚。"陆机原籍为吴郡华亭(今上海松江),后到洛阳等地,南云,可释为飘往故家南方之云,后用为思亲念乡之辞。此处当指南来之云。

⑤ 垂衣:《易·系辞下》:"黄帝尧舜垂衣裳而天下治。"用以称颂帝王的无为而治。北狩:原为狩猎北方,此处作为徽、钦二帝被俘于北方的讳称。

⑥ 岳牧与群后：指群臣百官。见《尚书·舜典》、《尚书·周官》等。

⑦ 半千：即员半千。《新唐书·员半千传》："半千始名馀庆……对诏高第，已能讲《易》、《老子》。长与何彦光同事王义方，以迈秀见赏。义方常曰：'五百载一贤者生，子宜当之。'因改今名。"阳九：指灾难之年或厄运。见《汉书·律历志上》。又《汉书·食货志上》："予遭阳九之厄，百六之会，枯旱霜蝗，饥馑荐臻。"

⑧ 燕(yān)然铭：《后汉书·窦宪传》记载：东汉永元元年(89)，窦宪与耿秉击败北匈奴，"遂登燕然山，出塞三千馀里，刻石勒功，纪汉威德，令班固作铭"。铭文见《后汉书》及《文选》。燕然山，即今蒙古人民共和国杭爱山。

⑨ 金城柳：《世说新语·言语》："桓公北伐，经金城，见前为琅邪时种柳，皆已十围，慨然曰：'木犹如此，人何以堪！'攀枝执条，泫然流泪。"以上二句意谓：不要像窦宪那样刻石纪功，也不必像桓温那样种柳兴叹。

⑩ 纯孝：《左传·隐公元年》："颍考叔，纯孝也。爱其母，施及庄公。"指所谓完美无缺的孝行。霜露悲：《礼记·祭义》："霜露既降，君子履之，必有凄怆之心，非其寒之谓

也。"此二句意谓：难道没有像颖考叔那样的纯孝之臣，能够知道皇上的悲凉非为霜寒，而是为思念父兄而产生的凄怆之心吗？

⑪ 羹舍肉：《左传·隐公元年》：庄公赐食颖考叔，考叔则"食舍肉。公问之，对曰：'小人有母，皆尝小人之食矣，未尝君之羹，请以遗之。'"

⑫ 载脂：语出《诗·邶风·泉水》，意谓以油脂涂车轴，以利行车。

⑬ 玉帛：指财富。《左传·僖公二十三年》："子女玉帛，则君有之；羽毛齿革，则君地生焉。"

⑭ 将命：奉命。《仪礼·聘礼》："将命于朝。"郑玄注："将犹奉也。"以上四句当系有感而发且含有强烈的讽刺意味。

⑮ "四岳"二句：意谓众官员有所共识。


中朝第一人①，春官有昌黎②。身为百夫特③，行足万人师。嘉祐与建中④，为政有皋夔⑤。匈奴畏王商⑥，吐蕃尊子仪⑦。夷狄已破胆，将命公所宜⑧。公拜手稽首，受命白玉墀<sup>⑨</sup>。曰臣敢辞难,此亦何等时！家人安足谋,妻子不必辞<sup>⑩</sup>。愿奉天地灵,愿奉宗庙威<sup>⑪</sup>。径持紫泥诏,直入黄龙城<sup>⑫</sup>。单于定稽颡<sup>⑬</sup>,侍子当来迎<sup>⑭</sup>。仁君方恃信,狂生休请缨<sup>⑮</sup>。或取犬马血,与结天日盟<sup>⑯</sup>。

① 中朝第一人：语见苏轼《送子由使契丹》诗的"单于若问君家世,莫道中朝第一人"。当年苏轼用《新唐书·李揆传》之事：李揆被德宗认为门第、人物、文学"皆当世第一"。李奉旨出使吐蕃,吐蕃酋长问曰："闻唐有第一人李揆,公是否?"李答道："彼李揆安肯来耶?"清照则取苏句中肯定语气用以称颂韩肖胄。

② 春官：《周礼》六官之一,掌典礼。《周礼·春官·宗伯》："乃立春官宗伯,使帅其属而掌邦礼,以佐王和邦国。"后以春官为礼部的通称。昌黎：指韩愈。其祖籍昌黎,世称韩昌黎。此处以"韩"姓喻指肖胄。

③ 百夫特：语见《诗·秦风·黄鸟》："维此奄息,百夫之特。"朱熹《集传》："特,杰出之称。"

④ 嘉祐：宋仁宗的年号。其时韩肖胄的曾祖韩琦为相。建中：即建中靖国，宋徽宗的年号。其时韩肖胄的祖父韩忠彦为相。

⑤ 皋夔（gāo kuí）：均为舜时大臣，此处借指贤臣。皋，皋陶（yáo）的简称，舜时掌管刑法。夔掌管典乐。此处以皋夔比喻韩琦和韩忠彦。

⑥ "匈奴"句：《汉书·王商传》："（王商）有威重，长八尺馀，身体鸿大，容貌甚过绝人。河平四年，单于来朝，引见白虎殿。丞相商坐未央庭中。单于前拜谒商，商起离席与言。单于仰视商貌，大畏之，迁延却退。天子闻而叹曰：'此真汉相矣。'"

⑦ 吐蕃尊子仪：唐代宗时，僕固怀恩叛变，纠合回纥、吐蕃攻唐。唐大将郭子仪说服回纥首领与唐联兵，以拒吐蕃。（见《新唐书·郭子仪传》）清照句中的"吐蕃"疑为"回纥"之误。

⑧ "夷狄"二句：《行状》云："戎狄尤畏公名。凡使契丹及来使者，必问：'韩侍中（指韩琦）安否，今何在？'其子忠彦使幕北，虏主问左右：'孰屡使南朝，识韩侍中，观忠彦貌类父否？'或对曰'颇类'，乃即宴坐，命画工图之而去。"此材料

虽出自李清照不可能看到的朱熹《三朝名臣言行录》卷一，但在其叙韩琦时所引这一《行状》（当为《丞相仪国韩公行状》），李清照既可目睹，更可耳闻。《行状》所记韩琦、韩忠彦之威名，恰与王商、郭子仪相埒，故引以为比。

⑨ "公拜"二句：意谓韩肖胄奉命出使云云。稽（qǐ）首，古时一种跪拜礼。叩头至地，是九拜中最恭敬者。见《周礼·春官·大祝》贾公彦疏。玉墀（chí），对台阶的美称。

⑩ "曰臣"四句：《续资治通鉴》卷一一二载韩肖胄临行入辞曰："今大臣各徇己见，致和战未有定论。然和议乃权时宜以济艰难，他日国步安强，军声大振，理当别图。今臣等已行，愿毋先渝约。或半年不复命，必别有谋，宜速进兵，不可因臣等在彼间而缓之也。""肖胄母文氏，闻肖胄当行，为言：'韩氏世为社稷臣，汝当受命即行，勿以老母为念。'帝闻之，诏特封荣国太夫人以宠其节。"此当为清照所缘之事。

⑪ 宗庙：此处作为王室的代称。《汉书·霍光传》："伊尹相殷，废太甲以安宗庙。"安宗庙，安定江山社稷之谓。

⑫ 紫泥诏：古代文书、信函用泥封，并加盖印记。尊者书缄用紫泥封。《西京杂记》卷四："中书以武都紫泥为玺室，加绿

绖其上。"此指用紫泥封的诏书。黄龙城:金故都。岳飞所谓"直抵黄龙",即此地,在今吉林农安。

⑬ 单于:匈奴最高首领的称号。稽(qǐ)颡:古代的一种跪拜礼。屈膝下拜,以额触地,居丧答拜宾客时行之,表示极度的悲痛和感谢。或于请罪、投降时行之,表示极度的惶恐。见《仪礼·士丧礼》和《汉书·李广传》。

⑭ 侍子:古代诸侯王遣子入侍天子,所遣之子称"侍子"。

⑮ 仁君:对有位望者的尊称。此指韩肖胄。狂生:狂妄无知的人。请缨:《汉书·终军传》:"(汉武帝)乃遣军使南越,说其王,欲令入朝,比内诸侯。军自请,愿受长缨,必羁南越王而致之阙下。"后因以请缨喻投军报国。

⑯ 犬马血:《史记·平原君虞卿列传》:"毛遂谓楚王之左右曰:'取鸡狗马之血来。'遂奉铜槃而跪进之楚王,曰:'王当歃血而定从(纵)。'"订盟时,口含犬马血或将血涂于口旁,即歃血为盟。天日盟:对天发誓。


　　胡公清德人所难,谋同德协必志安①。脱衣已被汉恩暖②,离歌不道易水寒③。皇天久阴后土湿,雨势未回风势急④。车声辚辚马萧

萧,壮士懦夫俱感泣⑤。闾阎嫠妇亦何知,沥血
投书干记室⑥。夷虏从来性虎狼,不虞预备庸
何伤⑦?衷甲昔时闻楚幕⑧,乘城前日记平
凉⑨。葵丘践土非荒城⑩,勿轻谈士弃儒生⑪。
露布词成马犹倚⑫,嵯函关出鸡未鸣⑬。巧匠
何曾弃樗栎,刍荛之言或有益⑭。


① "胡公"二句:《宋史·胡松年传》:"方秦桧秉政,天下识与
不识,率以疑忌置之死地,故士大夫无不曲意阿附为自安
计。松年独鄙之,至死不通一书,世以此高之。"清照亦当
以此高之。

② "脱衣"句:《史记·淮阴侯列传》载:项羽使武涉劝说韩信
归楚,韩信谢曰:"汉王授我上将军印,予我数万众,解衣衣
我,推食食我,言听计用,故吾得以至于此。夫人深亲信
我,倍之不祥,虽死不易,幸为信谢项王。"

③ "离歌"句:《战国策·燕策》载,荆轲将为燕太子丹往秦行
刺秦王,丹在易水(今河北易县境)边上为他饯行。高渐离
击筑,荆轲和而歌曰:"风萧萧兮易水寒,壮士一去兮不复

还！"后人称为《易水歌》。此句的"离歌"即指《易水歌》。

④ "皇天"二句：《左传·僖公十五年》："君履后土而戴皇天，皇天后土，实闻君之言。"皇天、后土合称天地。此处即以天气喻时势。

⑤ "车声"二句：隐括杜甫《兵车行》诗的"车辚辚，马萧萧，行人弓箭各在腰。爷娘妻子走相送，尘埃不见咸阳桥。牵衣顿足拦道哭，哭声直上干云霄"等句意，以状韩、胡使金之悲壮。辚辚，状车声；萧萧，喻马鸣。

⑥ 闾阎：原指里巷的门，可借指里巷。《西都赋》："内则街衢洞达，闾阎且千。"亦可借指平民。此处指平民居住的里巷。嫠（lí）妇：《左传·昭公十九年》："莒有妇人，莒子杀其夫，已为嫠妇。"嫠妇即寡妇。此为李清照自指。韩愈《归彭城》诗："刳肝以为纸，沥血以书辞。"沥血：形容竭诚相示或相托。干：求取、拜托。记室：《后汉书·百官志一》："记室令史，主上表章，报书记。"东汉官制，太尉属官有记室令史，太守、都尉属官有记室史。后世诸王、三公及大将军幕府也设置记室参军。故记室即掌书记、秘书之职。

⑦ 不虞：意料不到的。《诗·大雅·抑》："用戒不虞。"

⑧ 衷甲：将甲穿在衣服里面。《左传·襄公二十七年》："将盟于宋西门之外，楚人衷甲。"杜预注："甲在衣中。"《后汉书·董卓传》："(李肃)以戟刺之，衷甲不入，伤臂堕车。"

⑨ 乘城：守城。《旧唐书·马燧传》载：唐德宗贞元三年(787)五月，侍中浑瑊与蕃相尚结赞盟于平凉，为蕃军所劫，损将士六十馀人，仅浑瑊狼狈逃还。记平凉：记取平凉中计被劫的教训。

⑩ "葵丘"句：《孟子·告子下》："五霸，桓公为盛。葵丘之会，诸侯束牲载书而不歃血。"葵丘，春秋时宋国地名，在今河南考城东三十里。《后汉书·公孙瓒传》："晋文为践土之会。"践土，春秋时郑国地名，在今河南荥阳东北一带。

⑪ "勿轻"句：《史记·刘敬叔孙通列传》："诸弟子儒生随臣久矣。"儒生，崇尚孔子学说的文人或泛指读书有学识的人。

⑫ "露布"句：《后汉书·李云传》："云素刚，忧国将危，心不能忍，乃露布上书。"李贤注："露布，谓不封之也。"封演《封氏闻见记》卷四："露布，捷书之别名也。诸军破贼，则以帛书建诸竿上，兵部谓之'露布'。盖自汉以来有其名。所以名'露布'者，谓不封检露而宣布，欲四方速知。"露布，此处

指不加检封、便于公开宣布的军中紧急文书。《世说新语·文学》："桓宣武北征，袁虎时从，被责免官。会须露布文，唤袁倚马前令作。手不辍笔，俄得七纸，殊可观。"马犹倚，指袁虎倚马顷撰露布文之事。

⑬ "崤函"句：《史记·孟尝君列传》："孟尝君得出，即驰去，更封传，变名姓以出关。夜半至函谷关。秦昭王后悔出孟尝君，求之已去，即使人驰传逐之。孟尝君至关，关法鸡鸣而出客，孟尝君恐追至，客之居下坐者有能为鸡鸣，而鸡齐鸣，遂发传出。出如食顷，秦追果至关，已后孟尝君出，乃还。始孟尝君列此二人于宾客，宾客尽羞之，及孟尝君有秦难，卒此二人拔之。自是之后，客皆服。"崤函，即函谷关，在今河南灵宝。

⑭ "巧匠"二句：《庄子·逍遥游》："吾有大树，人谓之樗，其大本臃肿而不中绳墨，其小枝卷曲而不中规矩，立之涂，匠者不顾。"《人世间》："匠石之齐，至于曲辕，见栎社树……是不材之木也，无所可用。"后因以樗（chū）栎比喻无用之材。《诗·大雅·板》："先民有言，询于刍荛。"刍荛，原指割草打柴的人，后多用于指草野之人。

　　不乞隋珠与和璧，只乞乡关新信息①。灵光虽在应萧条②，草中翁仲今何若③。遗氓岂尚种桑麻，残虏如闻保城郭④。嫠家父祖生齐鲁，位下名高人比数⑤。当时稷下纵谈时⑥，犹记人挥汗成雨⑦。子孙南渡今几年，飘零遂与流人伍⑧。欲将血泪寄山河，去洒东山一抔土⑨。

① "不乞"二句：《淮南子·览冥训》："譬如隋侯之珠，和氏之璧，得之者富，失之者贫。"高诱注："隋侯，汉东之国，姬姓诸侯也。隋侯见大蛇伤断，以药傅之。后蛇于江中衔大珠以报之，因曰隋侯之珠，盖明月珠也。"隋珠，即隋侯之珠。和璧，《韩非子·和氏》载：春秋时，楚人卞和于山中得一璞玉，献给厉王。厉王使玉工辨识，玉工说是石头，以欺君之罪断卞和左足。后武王即位，卞和又献璞，仍以欺君罪再断其右足。及文王即位，卞和抱璞玉哭于楚山。文王得知而使人问卞，卞曰："吾非悲刖（yuè，把脚砍掉）也，悲夫宝玉而题之以石，贞士而名之以诳。"文王使人剖璞，果得宝玉。因称"和氏璧"，简称"和璧"。

② "灵光"句：王延寿《鲁灵光殿赋并序》："鲁灵光殿者，盖景
帝程姬之子恭王馀之所立也。初恭王始都下国，好治宫
室，遂因鲁僖基兆而营焉。遭汉中微，盗贼奔突，自西京未
央、建章之殿，皆见隳坏，而灵光岿然独存。意者岂非神明
依凭支持，以保汉室者也，然其规矩制度，上应星宿，亦所
以永安也。"后因称仅存的人物为"鲁殿灵光"。灵光，又见
庾信《哀江南赋》："况复零落将尽，灵光岿然。"比喻知交死
亡将尽，惟有自己还在，有如灵光殿之岿然独存。此处诗
人当以"灵光"喻其留在"乡关"的亲属、友好。

③ 翁仲：相传秦阮翁仲身长一丈三尺，异于常人，始皇命其出
征匈奴，死后铸铜像立于咸阳宫司马门外。后因称铜像、
石像为"翁仲"。《史记·陈涉世家》："铸以为金人十二。"
司马贞《索隐》："各重千石，坐高二丈，号曰翁仲。"此处的
"翁仲"当与柳宗元《衡阳与梦得分路赠别》诗的"翁仲"同
意，当指墓前石人。

④ "遗氓"二句：意谓担心乡亲被"夷"化。城郭，指内城与外
城，泛指城邑。

⑤ 婺家：李清照自指。作此诗时其前夫赵明诚已逝世五年；
再嫁约百日即与后夫张汝舟离异。齐鲁：二古国名。齐建

都营丘(即今山东淄博),诗人原籍今山东章丘属古齐国。鲁,建都曲阜(今属山东),与诗人原籍毗连。

⑥ 稷下:战国时各学派荟萃的地方。即齐国都城临淄稷门(西边南首门)附近地区。齐宣王继其祖桓公、父威王而在此扩置学宫,招揽文学游说之士数千人,任其讲学议论。见《史记·孟子荀卿列传》和《田敬仲完世家》等。

⑦ 挥汗成雨:《战国策·齐策一》:"临淄之途,车毂击,人肩摩,连衽成帷,举袂成幕,挥汗成雨。"此句形容人多。

⑧ 南渡:指北宋亡,南宋高宗渡江而南,都于临安。流人:流亡在外的人,诗人现已沦为流人。

⑨ 东山:《孟子·尽心上》:"孔子登东山而小鲁,登泰山而小天下。"在宋朝,人们习惯地把今天的山东一带叫做东山、东郡或东州。当年苏轼称自己知密州为"赴东郡"或"知东州"。写此诗时,李清照身在杭州而心系被金人占领的故乡,愿为收复故土抛洒一腔热血。


　　这是一首长达八十句的杂言古体诗。上半首是五言,下半首是七言。全诗大致可分为四段:第一段从开头到"臣下"句,大意是说,绍兴三载六月间,高宗听政好几年。神情专注思亲眷，治理有方父兄念。仿佛闻听皇帝言，朝廷上下多百官。岂无贤臣似半千，时运不佳好艰难。不必记功作宣传，不要种柳徒慨叹。岂无孝臣考叔般，知此悲凉非为寒。不必愚孝弃肉餐，车子润滑把路赶。社稷国土不爱怜，玉帛财富尘样贱。倘无胜任外交官，越赔大钱越卑贱。唯唯诺诺是达官，臣子如何帝了然。这一段字面上有几句颂扬宋高宗赵构的话，还说他思念被俘在金的父兄云云，这可理解为借颂扬之辞寄寓鞭策之意。此段从正反两面多处引经据典，仿佛在苦口婆心地嘱咐使者一路上吃好、走好，与对方会盟时应十分爱惜江山和钱财，绝不能轻易割地赔款，要鄙视那种丧权辱国者并以之为鉴戒，从而做一个胜任的外交官。诗中有这样几句："土地非所惜，玉帛如尘泥。谁当可将命，币厚辞益卑。"而"帝曰：卿等此行（指使者往金国通问），不须与人计较言语，卑词厚礼、岁币、岁贡之类不须较"（《续资治通鉴》卷一一四）。两相对照，诗人所讥讽的正是赵构亲口所授屈膝求和之意，在此，表现了诗人何等的见识和胆量！

第二段的大意用今天的口语说当是这样的：朝中之臣谁最贤？独占鳌头尊姓韩。百人里头最能干，万人之中称模范。曾祖韩琦祖忠彦，身任宰相堪称贤。汉相王商好威严，匈奴畏惧仰面看；唐代子仪令名传，折服回纥不须战。韩门祖辈威不减，异族已被吓破胆，公系出使好人选。作揖跪拜礼周全，白玉台阶受派遣。为臣不敢辞困难，此时此刻非等闲。高堂老母莫挂牵，妻子儿女不必念。敬奉天地有灵验，皇恩浩荡威风添。自持诏命有大权，直入金朝城里边。首领跪拜甚恐慌，侍子前来迎接忙。韩公威仪靠信仰，投军不须愚且莽。犬马之血涂嘴上，结盟牢靠又久长。这一段是礼赞韩肖胄，深信他一定不辱使命，像他的祖辈那样既贤良又威严，还望他公而忘私，对高堂老母和妻子儿女不必挂牵。

第三段开始顺及胡松年，其大意是：德如胡公难上难，同谋协力人心安。"解衣衣我"韩信言，今日亦感宋恩暖；使金刺秦不一班，临别不唱"易水寒"。皇天后土湿又暗，连绵阴雨未下完，风力迅猛又凶险。车声辚辚响成片，马声萧萧不间断；壮士懦夫有共感，同声哭泣好悲惨。里巷寡妇少识见，滴血投书秘书官。金人性情如虎狼，防范不测免上当。铠甲外面穿衣裳，先前楚人就这样；当年唐朝上过当，今日守城严提防，平凉教训不能忘。葵、践二城不荒凉，齐桓晋文盟主当。擅谈之人读书郎，不能轻看丢一旁。袁虎虽曾被罢官，飞笔撰文倚马完；函谷鸡鸣未曙天，客助孟尝脱了险。臭椿柞树匠不嫌，有益或出樵夫言。这一段开头的那句恭维副使胡松年的话，可视为表面文章，而"离歌不道易水寒"以下十七句更耐人寻味，它不仅指出此次使金与当年荆轲刺秦王高唱《易水歌》不同，使命更为重大，要注意衷甲裹身提防不测，更提醒使者既不要轻视读书人和被免官的人，也不要看不起所谓鸡鸣狗盗之徒，特别是那些被叫作"樗栎"的"无用之材"和被视为"刍荛"的草野之人，关键时刻他们可能起很大作用，要像巧匠那样眼里没有无用之材。

第四段的大意是：珠璧珍宝我不馋，只望家乡消息传。幸存亲友应寂然，墓前石人今哪般？乡关齐鲁已沦陷，遗民岂种桑麻田，金人失势缩城垣。父祖生于齐鲁间，地位不高名声显。战国临淄多学馆，文士数千任其谈,人群挥汗如雨般。子孙南渡没几年,已经变成流浪汉。欲将血泪寄河山,先人坟土得浇灌!这一段集中抒发诗人的爱国衷情,她说最关心的是来自家乡的消息,这消息比珠璧更为宝贵。为了收复失地,她不惜牺牲自己,愿将一腔热血洒在齐鲁大地!

诗文中引用古代故事和有来历的词语叫用典。此诗不仅用典多而且僻典不少,这算不算是文辞堆砌或"掉书袋"?恐怕不算。因为作者不是无谓地堆砌和专门显示渊博,而主要是为了淋漓尽致地剖白自己倾慕古贤、瓣香韩门、衷爱桑梓、舍身报国的一片赤子之心。而她那"我以我血荐轩辕"般的气概,有谁能不为之倾倒?此诗之旨,惟国是爱也!

## 其　二①

想见皇华过二京②,壶浆夹道万人迎③。

连昌宫里桃应在④,华萼楼前鹊定惊⑤。

但说帝心怜赤子,须知天意念苍生⑥。

圣君大信明如日,长乱何须在屡盟。

① 其二:有的版本或论著中,尝将总题为《上枢密韩公诗》分为五言一首,七言又一首,这首律诗标为"其三",疑误。兹据诗序作"其二"。

② 二京:指北宋时的东京(今河南开封)和南京(今河南商丘),为南宋使者出使金朝的必经之路。

③ 壶浆:语出《孟子·梁惠王下》的"以万乘之国,伐万乘之国,箪食壶浆,以迎王师"。意谓用竹篮盛着饭,用瓦壶盛着酒浆,来欢迎和犒劳军队。这里借指欢迎南宋使臣。

④ 连昌宫:唐代宫殿,在今河南洛阳。元稹乐府《连昌宫词》有"连昌宫中满宫竹,岁久无人森似束。又有墙头千叶桃,风动落花红蔌蔌"。这里借连昌宫、千叶桃代指北宋宫殿及其满目破败荒凉的景象。

⑤ 华萼楼:原是长安唐玄宗时的花萼相辉楼,这里亦借指北宋宫室。颔联承首联所云使者过二京时上万人夹道欢迎的情景,进一步拟想旧时宫殿的花木、鸟鹊也将以惊喜的心情迎候这两位大得人心的使者。

⑥ 赤子:原谓初生婴儿色赤,后谓百姓为赤子。苍生:本指生草木之处,后借指百姓。

这首七律，与前面的那首杂言古体相比，更具讽刺意味。

首联出句"皇华"，意谓极大的光华。《诗·小雅·皇皇者华》，序谓为君遣使臣之作，并云"送之以礼乐，言远而有光华"，后来遂用"皇华"作使人或出使的典故，含有不辱使命之意，在此恰当地表达了清照对韩、胡二位使者的殷切期望。鉴于颈、尾二联分别写皇上对人民有怜悯之心，上天也同情受苦的老百姓，甚至称颂高宗为圣明君主，还说他的信义好像白日一样光明，有人或许会认为诗人在讨好帝王大臣，还可能怀疑她写此诗的目的是为报答"韩公"对她"父祖"的荐举之恩。假如这样看，那就是对诗人诗作的误解。诗人之所以发出"帝心怜赤子"、"天意念苍生"这样的议论，那是为了说明恢复宋朝的江山社稷，不只是人间的众望所归，也是上天的意愿所向。至于"圣君大信明如日"句，其旨绝非颂扬赵构，尾联上下句的搭配，恰恰是对赵构妥协政策的讥讽和批评。"长乱"句典出《诗·小雅·巧言》中"君子屡盟，乱是用长"一句，意思是说假如不图恢复，愈是一次又一次地会盟讲和，愈是助长祸乱。对苟安妥协的南宋朝廷来说，这岂不是一种逆耳的忠言？应该说此诗很有现实针对性，它比前首更具有讽刺意味。因为宋高宗赵构为了保住自己的皇位，一不顾社稷江山，二不管父兄在金受苦受难，一味地向金人大量地进贡赔钱，他很爱听黄潜善、汪伯彦之劝和、说降的"巧言"，甚至不顾脸面地把金人作为叔叔看。如果不是一种强烈爱国情感的驱使，女诗人怎么敢冒这种与皇帝唱反调、从而可能触犯龙颜的危险？

非常值得玩味的是，八句诗中两次引用《诗经》之典，而且都与收复失地、维护国家尊严有关。在爱国有罪的时代背景下，女诗人所显示的是一种多么难能可贵的品格和情操！千载之后，这首诗仍然能激发自尊自立的民族信念，它与前面的古体诗相互补充，堪称是"嫠不恤纬，惟国是爱"的亘古罕见之章！

## 《金石录》后序

右《金石录》三十卷者何①？赵侯德父所

著书也②。取上自三代，下迄五季③，钟、鼎、甗、鬲、盘、匜、尊、敦之款识④，丰碑大碣，显人晦士之事迹⑤，凡见于金石刻者二千卷⑥，皆是正讹谬，去取褒贬，上足以合圣人之道，下足以订史氏之失者皆载之，可谓多矣。呜呼！自王播、元载之祸，书画与胡椒无异⑦；长舆、元凯之病，钱癖与传癖何殊⑧。名虽不同，其惑一也。

① 《金石录》：系金石学名著，赵明诚编著。金指古代铜器钟、鼎等，上刻文字是研究古文字及古史的重要资料。石指丰碑石刻，如墓志铭等，可资订补史传阙失。

② 赵侯德父：即赵明诚。古时称州郡之长为"侯"，赵明诚曾作莱州、淄州、江宁太守，故有是称。德父，赵明诚的字，亦作德甫。父、甫通。一作德夫，疑误。

③ 三代：指夏、商、周。五季：指后梁、后唐、后晋、后汉、后周五代。

④ 钟：古代乐器。另有一种圆形壶，用以盛酒浆或粮食，亦叫做钟。鼎、甗(yǎn)、鬲(lì)：古代青铜炊器。盘、匜(yí)：

商周时的铜器名,多用于盥漱。尊:古代酒器。敦:古代
盛黍稷之器。款识:这里指古代钟鼎彝器上铸刻的文字。
款,刻也;识,记也。见《汉书·郊祀志下》。

⑤ 丰碑:这里指高大的碑。见《隋书·杨素传》。碣:圆顶的
石碑。显人:犹显者,指有名声有地位的人。晦士:指隐
居者和没有地位、声望的人。

⑥ 二千卷:指金石拓本共二千件,每件称为一卷。

⑦ 王播:前人已校考得知,这里当指王涯。王涯,唐文宗时宰
相。其所收藏著名书画之多与宫中相当,且秘不示人。他
在甘露之变中身亡后,被人破垣而入,只取金银财宝,而弃
书画于路边。见《新唐书·王涯传》。元载:唐代宗时宰
相,因贪贿专横而被诛杀,抄没其家产时,仅胡椒竟多达八
百余石。见《新唐书·元载传》。

⑧ 长舆:晋代和峤的字。家产丰富如王者,但本性至吝,人讥
之有钱癖。元凯:晋代杜预的字。他酷好《左传》,著有
《春秋经传集解》。他常说王济有马癖,和峤有钱癖,晋武
帝便问杜预:"卿有何癖?"杜预答之曰:"臣有《左传》癖。"
见《晋书·杜预传》。

　　余建中辛巳①，始归赵氏。时先君作礼部员外郎②，丞相时作吏部侍郎③。侯年二十一，在太学作学生④。赵、李族寒⑤，素贫俭。每朔望谒告出⑥，质衣⑦，取半千钱，步入相国寺⑧，市碑文果实归⑨，相对展玩咀嚼，自谓葛天氏之民也⑩。后二年，出仕宦，便有饭蔬衣练⑪，穷遐方绝域，尽天下古文奇字之志⑫。日就月将，渐益堆积。丞相居政府，亲旧或在馆阁⑬，多有亡诗、逸史、鲁壁、汲冢所未见之书⑭。遂力传写，浸觉有味，不能自已。后或见古今名人书画，一代奇器，亦复脱衣市易。尝记崇宁间，有人持徐熙牡丹图⑮，求钱二十万。当时虽贵家子弟，求二十万钱，岂易得耶？留信宿⑯，计无所出而还之。夫妇相向惋怅者数日。

① 建中辛巳：宋徽宗建中靖国元年，即公元 1101 年。
② 先君：自称去世的父亲。这里指作者的父亲李格非。

③ 丞相:作者指其翁舅赵挺之。吏部侍郎:吏部是中央掌管全国官吏的官署。长官称尚书,侍郎为副长官。赵挺之官至尚书右仆射,故《后序》中称其为丞相。

④ 太学:中国古代的大学。历代或设太学,或设国子学(国子监),或两者同时设立,名称不一,制度亦有变化,但均为最高学府。在监读书者,叫做太学生。

⑤ 赵、李族寒:分别指赵挺之和李格非的家世。

⑥ 朔望:分别指阴历的初一和十五。谒告:告假。

⑦ 质衣:典当衣物。

⑧ 相国寺:北宋都城汴京最大的庙宇。寺内设有书市,每月开放四五次。

⑨ 市:此处作动词用,意谓购买。

⑩ 葛天氏:我国传说中的古帝号。陶渊明《五柳先生传》称赞不慕荣利、忘怀得失的五柳先生:"无怀氏之民欤?葛天氏之民欤?"

⑪ "后二年"三句:崇宁二年,亦即结婚二年,赵明诚由太学毕业走上仕途,并非指其外出游宦。饭蔬,意谓食用家常便饭。蔬,这里指米粒。衣练(shū),穿用粗丝制成的衣服。此三句意谓做了官仍节衣缩食。

⑫ 古文奇字：指先秦文字。

⑬ 馆阁：宋代修史藏书、校雠的处所，总名曰馆阁。

⑭ 亡诗：指在《诗经》三百零五篇以外亡佚的诗。逸史：指正史以外的史书。鲁壁：汉代鲁恭王扩建孔子旧宅时，从墙壁中发现古文《尚书》及其他经典，皆为蝌蚪古文。汲冢：晋武帝太康二年，汲郡人盗发魏襄王墓，得竹书数十车，皆蝌蚪字，称为汲冢古文。

⑮ 徐熙：南唐著名画家，善画翎毛花卉。

⑯ 信宿：连宿两夜。此处意谓将画留了两天。

后屏居乡里十年①，仰取俯拾②，衣食有余。连守两郡③，竭其俸入以事铅椠④。每获一书，即同共勘校，整集签题⑤。得书画彝鼎，亦摩玩舒卷⑥，指摘疵病，夜尽一烛为率⑦。故能纸札精致，字画完整，冠诸收书家。余性偶强记，每饭罢，坐归来堂烹茶⑧，指堆积书史，言某事在某书某卷第几页第几行，以中否角胜负⑨，为饮茶先后。中即举杯大笑，至茶倾覆怀中，反不得饮而起，甘心老是乡矣⑩。故虽处忧患困穷，而志不屈。收书既成，归来堂起书库大橱，簿甲乙，置书册⑪。如要讲读，即请钥上簿，关出卷帙⑫。或少损污，必惩责揩完涂改，不复向时之坦夷也。是欲求适意而反取憀栗⑬。余性不耐，始谋食去重肉，衣去重采，首无明珠翠羽之饰，室无涂金刺绣之具。遇书史百家，字不刓缺⑭，本不讹谬者，辄市之，储作副本。自来家传《周易》、《左氏传》，故两家者流，文字最备。于是几案罗列，枕席枕藉，意会心谋，目往神授，乐在声色狗马之上⑮。

① 屏居：隐居。大观元年，赵挺之被罢右仆射后五日卒。卒后三日，家属亲戚在京者被捕入狱。无事实，七月狱具。是年或下年初，李清照偕赵明诚屏居青州故里。

② 仰取俯拾：意谓勤俭节约。语本《史记·货殖列传》。

③ 连守两郡：这里当指赵明诚于宣和三年至靖康元年，接连任莱州、淄州知州事。

191

④ 铅椠：原是古代用以书写的文具。铅，指铅粉笔，用以写
　　字；椠，指木板。这里指《金石录》的著作和校雠。

⑤ 签题：在书上亲笔署名叫签，写在书前面的文字叫题。

⑥ 摩玩：抚摩玩赏。舒卷：把要欣赏的书画伸展开来。

⑦ 率：一定的准则。

⑧ 归来堂：赵明诚、李清照屏居青州时的宅第室名。其来历
　　既有取陶渊明"归去来兮"之意，亦有可能受到晁补之自名
　　"归来子"之启发。

⑨ 角：这里是较量的意思。

⑩ 是乡：此处当指书史之乡。

⑪ "簿甲乙"二句：意谓分类编写目录，登记造册，以存放。
　　簿，这里用作动词。

⑫ 关：领取。卷帙：书籍。

⑬ 懔栗：伤念不安。

⑭ 刓缺：磨损、短缺。

⑮ 声色狗马：指歌舞女色、养狗走马等玩好。


　　　至靖康丙午岁，侯守淄川①，闻金寇犯京
师②，四顾茫然，盈箱溢箧，且恋恋，且怅怅，知

其必不为己物矣。建炎丁未春三月③，奔太夫
人丧南来④。既长物不能尽载⑤，乃先去书之
重大印本者，又去画之多幅者，又去古器之无
款识者。后又去书之监本者⑥，画之平常者，器
之重大者。凡屡减去，尚载书十五车⑦。至东
海⑧，连舻渡淮⑨，又渡江⑩，至建康⑪。青州故
第，尚锁书册什物，用屋十余间，期明年春再具
舟载之。十二月，金人陷青州⑫，凡所谓十余屋
者，已化为煨烬矣⑬。

① "至靖康"二句：靖康丙午，宋钦宗靖康元年，即公元1126
年。淄川，今山东淄博，宋时又称淄州。

② 京师：指北宋都城汴京，即今河南开封。

③ "建炎"句：此句略待订正。建炎是宋高宗的第一个年号。
靖康二年(1127)四月北宋亡，五月高宗即位方改元建炎，史
称南宋。故建炎元年最早从五月算起，不可能有"春三月"。

④ 太夫人：指赵明诚之母郭氏，在其卒于江宁时，由淄州南来
奔丧的当只有赵明诚一人，李清照则由淄州返青州，整理

193

金石文物,以备南运。

⑤ 长物:指其他多余的东西。

⑥ 监本:指宋代国子监刻印的书。此类书一般数量较大,且公开出售,较易得到。

⑦ 尚载书十五车:由于现存《后序》有所阙衍和字句舛误,对这"十五车"书,很容易被理解为赵明诚奔母丧时,带往江宁之物,实际当系后往江宁的李清照押运之物。

⑧ 东海:这里指东海郡。今江苏东北部,与山东连接的一带。

⑨ 连舻:言其船多,前后衔接。舻,船前头刺棹处。淮:指淮水。

⑩ 江:长江。

⑪ 建康:李清照大约于建炎元年冬,由青州动身,押运"十五车"书往今南京。同年底或翌年初即可到达,当时称江宁而非称建康,此处作者追述前事而称今之地名。直至建炎三年(1129)五月,方改江宁府为建康府。

⑫ 十二月,金人陷青州:此处文字或因在传抄中或夺或衍,更可能因当时李清照不明真相而致误。史实非为"金人陷青州",而应为"青州兵变"。对此,《续资治通鉴》卷一○○建炎元年十二月记云:"壬戌,资政殿学士、京东东路制置

使、知青州曾孝序为乱兵所杀。先是临朐土兵赵晟，聚众为乱，夺门而入。孝序度力不能制，因出据厅事，瞋目骂贼，与其子宣教郎讦皆遇害，时年七十九。诏赠光禄大夫，谥曰威。"赵明诚在《跋蔡襄书〈赵氏神妙帖〉》中，亦称此事为"西兵之变"，与上述《续通鉴》之说是一致的。

⑬ 煨烬：燃烧后的残余，犹灰烬。

建炎戊申秋九月，侯起复知建康府①。已酉春三月罢②，具舟上芜湖，入姑孰③，将卜居赣水上④。夏五月，至池阳⑤，被旨知湖州，过阙上殿⑥，遂驻家池阳，独赴召。六月十三日，始负担舍舟，坐岸上，葛衣岸巾⑦，精神如虎，目光烂烂射人⑧，望舟中告别。余意甚恶，呼曰："如传闻城中缓急，奈何？"戟手遥应曰⑨："从众。必不得已，先弃辎重⑩，次衣被，次书册卷轴，次古器，独所谓宗器者⑪，可自负抱，与身俱存亡，勿忘之。"遂驰马去。途中奔驰，冒大暑，感疾。至行在⑫，病痁⑬。七月末，书报卧病。余惊怛⑭，念侯性素急，奈何！病痁或热，必服寒药，疾可忧。遂解舟下，一日夜行三百里。比至，果大服柴胡、黄芩药⑮，虐且痢，病危在膏肓⑯。余悲泣，仓皇不忍问后事。八月十八日，遂不起，取笔作诗，绝笔而终，殊无分香卖履之意⑰。

① "建炎"二句：建炎戊申，是建炎二年（1128）。所云是年"侯起复，知建康府"当系作者笔误，因多种史料确载赵明诚起复知江宁府事，是在建炎元年七月议定，八月上任，建炎三年五月八日，始改江宁府为建康府。起复，封建社会官员遭父母丧，守丧尚未期满而应召任职，称为"起复"。

② 己酉：系建炎三年（1129）。是时赵明诚知江宁府尚不满二年，宋制一届官吏任期三年。赵明诚之所以提前被罢，并非因其移知湖州，他被罢在前，而被命知湖州在后。有的史书为其讳，而李清照则直言其被罢。又因她写的是书序，不必交代他被罢官的原因。

③ 姑孰：今安徽当涂，因有姑孰溪而得是名。

④ 卜居：择地居住。赣水：即今江西赣江。

⑤ 池阳:今安徽池州。

⑥ 过阙上殿:此指赵明诚赴行在建康,朝见宋高宗。阙、殿,均指朝廷之所在。

⑦ 葛衣:一种丝、棉混制的夏衣。岸巾:犹岸帻,本覆在额上,把头巾掀起露出前额,表示态度洒脱,不拘束。

⑧ 烂烂:光明。这里形容赵明诚目光明亮。

⑨ 戟手:徒手屈肘如戟形,以指点作者。

⑩ 辎重:这里指逃难时所携带的包裹、箱笼等随身所用行李。

⑪ 宗器:古代宗庙祭祀所用的器物,即礼乐之器,钟磬之属。

⑫ 行在:指帝王行宫所在,此指建康。

⑬ 病痁(shān):病,用作动词。痁,有二解,一是指有热无寒的疟疾;二是指濒于危患。此处当兼二解,意谓赵明诚所患系濒于危患之疟疾。

⑭ 惊怛(dá):恐怖悲伤。

⑮ 柴胡、黄芩:两种去热的寒药。

⑯ 膏肓:膏、肓是人体心鬲之间的两个部位,是古代药效不能到达之处,意谓病势沉重无药可医。

⑰ 分香卖履:典出《陆机集·吊魏武帝文》引《曹操遗令》云:"余香可分与诸夫人,诸舍中无所为,学作履组卖也。"这段

话意谓,域外馈赠的名贵香料,可以作为遗产分给众妾;至于宫女,没有别的事情可做,就叫她们去学做鞋子挣钱养活自己。后来,此典除了被作为曹操生活俭朴的美誉外,还专指人在临终时对其妻妾的遗嘱。

    葬毕,余无所之。朝廷已分遣六宫①,又传江当禁渡。时犹有书二万卷,金石刻二千卷,器皿茵褥,可待百客,他长物称是②。余又大病,仅存喘息。事势日迫,念侯有妹婿任兵部侍郎,从卫在洪州③,遂遣二故吏先部送行李往投之。冬十二月,金寇陷洪州,遂尽委弃。所谓连舻渡江之书,又散为云烟矣。独余少轻小卷轴书帖,写本李杜韩柳集、《世说》、《盐铁论》,汉、唐石刻副本数十轴,三代鼎鼐十数事,南唐写本书数箧,偶病中把玩,搬在卧内者,岿然独存④。

① 六宫: 这里泛指后宫嫔妃。

② 他长物称是：意谓其他多余之物亦大致相当。

③ 洪州：今江西南昌。

④ 岿然：原是高峻独立的样子。这里指仅存的书画展现在眼前。

　　上江既不可往①，又虏势叵测，有弟远任敕局删定官②，遂往依之。到台③，守已遁。之剡④，出陆，又弃衣被。走黄岩，雇舟入海，奔行朝。时驻跸章安⑤，从御舟海道之温⑥，又之越。庚戌十二月，放散百官⑦，遂之衢。绍兴辛亥春三月，复赴越。壬子赴杭。先侯疾亟时⑧，有张飞卿学士，携玉壶过视侯，便携去，其实珉也⑨。不知何人传道，遂妄言有颁金之语⑩。或传亦有密论列者⑪。余大惶怖，不敢言，亦不敢遂已，尽将家中所有铜器等物，欲赴外廷投进⑫。到越，已移幸四明⑬。不敢留家中，并写本书寄剡。后官军收叛卒，取去，闻尽入故李将军家。所谓岿然独存者，无虑十去五六矣。

惟有书画砚墨可五七簏⑭,更不忍置他所,常在卧榻下,手自开阖。在会稽,卜居土民钟氏舍。忽一夕,穴壁负五簏去。余悲恸不已,重立赏收赎。后二日,邻人钟复皓出十八轴求赏,故知其盗不远矣⑮。万计求之,其余遂不可出。今知尽为吴说运使贱价得之⑯。所谓岿然独存者,乃十去其七八。所有一二残零,不成部帙书册。三数种平平书帖,犹复爱惜如护头目,何愚也耶!

① 上江:指建康以西的长江上游。

② 弟迒:作者自谓其弟名迒。敕局删定官:隶属尚书省,其职责是编辑诏旨,纂类成书。

③ 台:即台州,治所在今浙江临海。

④ 剡(shàn):即今浙江嵊州。

⑤ 驻跸:帝王出行,途中停留暂住。章安:镇名,属台州。

⑥ "从御舟"句:据《续资治通鉴》卷一〇六载:高宗闻明州失守,遂引舟而南,并于"二月乙亥,御舟至温州江心寺驻跸,

更名龙翔"。之温，意谓李清照追随御舟亦到达温州。

⑦ 放散百官：建炎三四年冬春，由于金兵对高宗穷追不舍，便不得不入海躲避，扈从、职能人员大为缩减，部分官吏遂得自便。

⑧ 疾亟：病情危重。

⑨ 珉：像玉的石头。

⑩ 颁金：俞正燮《易安居士事辑》作"颂金"，疑"颂"字系形近而误，宜从各本，以"颁金"为是。俞氏释为"馈璧北朝"，即以玉壶投献金人，贿赂通敌。对此，李清照称之为"妄言"。

⑪ 论列：原指议论、陈述。这里指检举弹劾。

⑫ 外廷：指皇帝在京都外的听政处。

⑬ 幸：此指君王出行。四明：指鄞县，今浙江宁波。

⑭ 籄：竹箱。

⑮ "邻人"二句：俞正燮《易安居士事辑》在撮述此二句时，引《玉茗琐谈》记其事云：明万历年间的首辅张居正，听到部吏中有一姓钟的操浙江口音，问明他是会稽人，怒气许久未消，并将他开除了。此记载虽类似小说家言，但却生动地说明了此二句的深远影响。

⑯ 吴说：字傅朋，当时著名书法家。运使：因其任福建路转

运判官,故称。

　　今日忽阅此书,如见故人。因忆侯在东莱静治堂,装卷初就,芸签缥带,束十卷作一帙。每日晚吏散,辄校勘二卷,跋题一卷。此二千卷,有题跋者五百二卷耳。今手泽如新①,而墓木已拱②,悲夫! 昔萧绎江陵陷没,不惜国亡,而毁裂书画③;杨广江都倾覆,不悲身死,而复取图书④。岂人性之所著,死生不能忘之欤? 或者天意以余菲薄,不足以享此尤物耶? 抑亦死者有知,犹斤斤爱惜,不肯留在人间耶? 何得之艰而失之易也!

① 手泽:语出《礼记·玉藻》:"父没而不能读父之书,手泽存焉尔。"孔颖达疏:"谓其书有父平生所持手之润泽存在焉,故不忍读也。"手泽原意为手汗所沾润,这里指赵明诚校勘题跋《金石录》的墨迹。

② 墓木:墓地所植树木。拱:两手合围的粗细。此句婉指死

亡已久。

③ "昔萧绎"三句:南朝梁元帝萧绎即位于江陵(今属湖北)。博览群书而不恤国事,整日著书、赋诗、作画。在位三年,于公元554年魏兵围攻江陵之际,"命舍人高善宝焚古今图书十四万卷",遂被虏身亡。

④ "杨广"三句:隋炀帝杨广于大业十二年(616)游江都,两年后被宇文化及杀死于江都。杨广平生酷爱书史,藏书堆积如山,却一字不许外出。死后,新王朝调其图书晋京,河中遇风浪而全数覆没。监运官称此系隋炀帝托梦收书。

　　呜呼!余自少陆机作赋之二年①,至过蘧瑗知非之两岁②,三十四年之间,忧患得失,何其多也。然有有必有无,有聚必有散,乃理之常。人亡弓,人得之③,又胡足道。所以区区记其终始者,亦欲为后世好古博雅者之戒云。绍兴二年玄黓岁壮月朔甲寅易安室题④。

① "余自"句:陆机,西晋著名文学家。杜甫《醉歌行》:"陆机

二十作《文赋》。"此句意谓作者十八岁时嫁给赵明诚。

② "至过"句：蘧瑗，字伯玉，春秋卫国大夫。《淮南子·原道训》："故蘧伯玉年五十，而有四十九年非。"意谓到了五十岁，才知道以前四十九年中的错误。后人因以五十岁为知非之年。这里是作者自谓写此《后序》时年五十二岁。

③ "人亡弓"二句：《孔子家语》卷二："楚王出游，亡弓，左右请求之。王曰：'止。楚人失弓，楚人得之，又何求之？'孔子闻之，惜乎其不大也，不曰人遗弓，人得之而已，何必楚也。"这里作者以《孔子家语》的道理自我宽慰。亡：失去。

④ 绍兴二年玄黓岁壮月朔甲寅：即绍兴二年壬子八月一日。此落款显系传抄致误。对此，《四库全书总目》卷八六《金石录》提要已指出：《金石录》及其后所附李清照《后序》，在刊行过程中，曾将落款的"壮月"误为"牡丹"等"沿讹踵谬"诸弊。今据洪迈《容斋四笔》卷五，将李清照《后序》之作年厘定为"绍兴四年"。玄黓：十干中壬的别称，用以纪年。《尔雅·释天》："（太岁）在壬曰玄黓。"壮月：阴历八月的别称。《尔雅·释天》："八月为壮。"易安室："易安"系取义于陶渊明《归去来兮辞》的"审容膝之易安"，意谓住处简陋而心情安适。

本节概说中已交代，这篇《〈金石录〉后序》（以下简称《后序》），是李清照为故夫赵明诚的金石学名著《金石录》一书所作的序言。在《金石录》编撰过程中，赵明诚曾写过一篇《〈金石录〉序》。宋徽宗政和七年（1117），赵明诚又再三请河间刘跂为《金石录》前三十卷撰序。刘跂于同年九月完成好友赵明诚所嘱，其文题作《〈金石录〉后序》（以下简称"刘序"）。李清照所撰《后序》，虽与"刘序"的题目相同，但她是在赵明诚逝世、由她继续完成丈夫的未竟之业后写下的。同样是为《金石录》作序，李清照的《后序》，与赵明诚的自序和"刘序"大不相同。后二者系就书论书，只谈与《金石录》直接相关的事，文字简洁平实，是两篇很典型的书序。李清照的《后序》却是匠心独运，在剪裁、叙事、抒情等方面迥别于一般书序，具有很强的艺术感染力。她所结撰的重点是放在叙述金石书画的"得之艰而失之易"上，是一篇带有自传性的而又抒情性极强的文学散文。

在我国散文史上占有不可替代位置的《后序》，理所当然地受到人们极大的关注和总体上颇为中肯的评价,其中两个人的见解极近腠理。一是南宋的洪迈;一是近人浦江清。洪迈主要是就《后序》的叙事旨归而建言,他说:"其妻易安居士,平生与之同志,赵殁后,愍悼旧物之不存,乃作后序,极道遭罹变故本末。"(《容斋四笔》卷五)洪迈不仅以此番言简意赅之语,准确地道出了洋洋两千言《后序》的叙事脉络,其更大的贡献还在于为后世留下了亲眼经见宋版《后序》所云之撰署日期为绍兴四年(1134)。这就极有力地说明了明抄本的"绍兴二年"之误。因为"绍兴二年"对李清照来说是一个多事之秋:这年的春夏她得了重病,又因与张汝舟的离异诉讼吃官司、坐牢……在这种情况下,她哪里会有心思去整理《金石录》并撰写《后序》? 而"绍兴四年"则正是赵明诚逝世五周年,是时痛定思痛而作《后序》,岂非顺理成章! 而浦江清则从另外的角度道出了《后序》的价值所在:

> 此文详记夫妇两人早年之生活嗜好,及后遭逢离乱,金石书画由聚而散之情形,不胜死生新旧之

感。一文情并茂之佳作也。赵、李事迹,《宋史》失之简略,赖此文而传,可以当一篇合传读。故此文体例虽属于序跋类,以内容而论,亦同自叙文。清照本长于四六,此文却用散笔,自叙经历,随笔提写。其晚境凄苦郁闷,非为文而造情者,故不求其工而文自工也。(《国文月刊》一卷二期)

# 九、避难金华(1134—1135)

《后序》的墨迹未干,李清照就听到了金和伪齐合兵分道犯临安的消息。从朝廷官员到普通百姓,尤其是江浙一带的人,东南西北乱窜一气,乡下人往城里跑,城里人则想逃往乡间,人们慌作一团,不知躲到哪里是好。此时李清照从临安乘船沿富春江逆流而上,奔往金华(今属浙江)。她写于绍兴四年十一月二十四日的《〈打马图经〉序》,生动地记载了避难之时如惊弓之鸟般的慌乱。在途经东汉严光(字子陵)隐居于富春江畔的严滩垂钓处时,李清照感慨系之,相传那首带有自嘲性的《钓台》诗,就是她的手笔。

在金华,李清照住进窗明几净的陈氏家里,甚感适意。是时已值昼短夜长的秋冬季节，同住的还有亲朋家的"儿辈"。在做一种"打马"游戏时，李清照妙语如珠地向儿辈们反复讲述"慧则通，通则无所不达；专则精，精则无所不妙"的道理。她谆谆告诫孩子们，不管做何事，既要靠聪明才智，更要具备专心致志的精神。惟其如此，才能触类旁通，掌握各种精湛的技艺，也才能得心应手、运用自如，以臻于妙境。这些道理无疑是极为深刻有益的，但如果只是空洞抽象地灌输，不可能收到预期效果。李清照运用自己富赡的才学，旁征博引，通过庖丁解牛、郢人运斤、师旷之听、离娄之视、尧舜之仁、桀纣之恶、掷豆起蝇、巾角拂棋等故事，既生动地说明"专则精，精则无所不妙"的道理，又很自然地告诫人们，哪怕是做博弈游戏之类的小事，也不应该浅尝辄止、半途而废。她一面讲道理，一面身体力行，寓教于乐。棋局犹课堂，棋盘似战场，在小小的棋子上，做出了望乡、复国、育人的大文章。这种以小见大的教育方式，至今仍然发人深思，值得借鉴。

这种"博弈之事"，或称"深闺雅戏"，简称"打马"，其规则是李清照亲自创制的,她又叫儿辈绘制成图。围绕此事李清照写过三篇文字,除了讲述以上道理的《打马图经》及其《序》二者以外,还有一篇寓有爱国情愫的极其重要的文学作品——《打马赋》。

金华是我国东南著名的风景胜地,素有烟霞之好的李清照在冬去春来之际慕名来到了八咏楼。关于八咏楼之作,历来多不胜数,亦不乏诸如"明月双溪水,清风八咏楼。昔年为客处,今日送君游"(唐人严维《送人入金华》)等等脍炙人口之章,但多为抒发个人得失或朋友之念所作,而李清照此时所写的《题八咏楼》一诗所蕴含的却是社稷之忧和江山之叹。

曾几何时,李清照乍到金华,"释舟楫而见轩窗",心情何等舒畅。几个月后,在金兵撤退、金太宗死亡、宋高宗返回临安,时局好转之时,她却于绍兴五年(1135)的春夏之交写了一首十分伤感,乃至痛苦不堪的《武陵春》词。从字面上看,此词抒发的仿佛是一种嫠纬之忧;从情理上说,赵明诚逝世已经六七年,最痛苦的时刻早已过去,再嫁离异的风波也已平息,自己老之将至,不再被单纯的儿女私情所左右，那么，她为何又陷于极端悲苦之中呢？

看来这很可能与朝廷加紧追究的一件事情有关。大约在绍兴四年，有一大臣向高宗进谏道："王安石自任己见，尽变祖宗法度，上误神宗，天下之乱，实兆于此。"帝曰："极是。朕最爱元祐。"原来，赵构以为《哲宗实录》系奸臣所修，其中尽说王安石的好话，对废黜新党的高、向两位皇后不利，而高宗又认为："本朝母后皆贤，前朝莫及。"被皇帝认为"皆是奸党私意"的《哲宗实录》不能扩散出去，而赵挺之当年在参与修纂此录时所收藏的一部，如今恰由李清照保管。眼下《哲宗实录》被视为冒禁之书，窃窥、私藏都是犯法的（参见《续资治通鉴》卷一一四）。

命运就是这样无情地捉弄着李清照，她像保护自己的头、目一样保护下来的书籍，又被朝廷下诏点了赵明诚的名，严令其家缴进此书。本来已趋愈合的有丧偶之痛的伤口，像是被撒上了一把盐，又加深了其难以摆脱的鏊纬之忧。这使她原先打算好的双溪泛舟，再也无心前往,不久她就离开了安适地生活了几个月的陈氏宅第,从金华回到了杭州。这当是《武陵春》写作的时代背景和心理因素。

# 打 马 赋①

　　岁令云徂②,卢或可呼③,千金一掷,百万十都。樽俎具陈④,已行揖让之礼⑤;主宾既醉,不有博弈者乎⑥?打马爰兴,摴蒱遂废⑦,实小道之上流,乃深闺之雅戏。齐驱骥骎,疑穆王万里之行⑧;间列玄黄,类杨氏五家之队⑨。珊珊佩响⑩,方惊玉镫之敲⑪;落落星罗,忽见连钱之碎⑫。若乃吴江枫冷,胡山叶飞⑬,玉门关闭,沙苑草肥⑭。临波不渡,似惜障泥⑮。或出入用奇,有类昆阳之战⑯;或优游仗义,正如涿鹿之师⑰。或闻望久高,脱复庾郎之失⑱;或声名素昧,便同痴叔之奇⑲。亦有缓缓而归,昂昂而立,鸟道惊驰,蚁封安步⑳。崎岖峻坂,未遇王良㉑;局促盐车㉒,难逢造父㉓。且夫丘陵云远,白云在天㉔,心存恋豆,志在著鞭㉕。止蹄黄叶,何异金钱。用五十六采之间㉖,行九十一路之内㉗。明以赏罚,核其殿最㉘。运指挥于方寸之中,决胜负于几微之外㉙。且好胜者人之常情,游艺者士之末技。说梅止渴,稍苏奔竞之心㉚;画饼充饥,少谢腾骧之志㉛。将图实效,故临难而不回;欲报厚恩,故知机而先退㉜。或衔枚缓进㉝,已逾关塞之艰;或贾勇争先㉞,莫悟阱堑之坠。皆由不知止足,自贻尤悔㉟。况为之不已,事实见于正经㊱;用之以诚,义必合于天德。故绕床大叫,五木皆卢㊲,沥酒一呼,六子尽赤㊳。平生不负,遂成剑阁之师㊴;别墅未输,已破淮淝之贼㊵。今日岂无元子㊶,明时不乏安石㊷。又何必陶长沙博局之投㊸,正当师袁彦道布帽之掷也㊹。

辞曰：佛狸定见卯年死⑮，贵贱纷纷尚流徙。满眼骅骝杂骎骊，时危安得真致此⑯？老矣谁能志千里⑰，但愿相将过淮水。

① 打马：约在明、清时已失传的一种古代博戏。据李清照《〈打马图经〉序》所云："予独爱依经马（无将二十马者），因取其赏罚互度，每事作数语，随事附见，使儿辈图之。不独施之博徒，实足贻诸好事。使千万世后，知命辞打马，始自易安居士也。"

② 徂：逝、往的意思。

③ 卢：古代博戏一掷五子皆黑的名称，是为最佳采。呼卢，指掷采游戏。

④ 樽俎：古时盛酒和肉的器皿，常用作宴席的代称。

⑤ 揖让：古代宾主相见的礼节。

⑥ "不有"句：语出《论语·阳货》："子曰：'饱食终日，无所用心，难矣哉！不有博弈者乎，为之，犹贤乎已。'"这段话曾见于赵明诚《〈金石录〉序》。当年序作者欲使《金石录》有补于世，故引此语。李清照再次引用是想借孔子的话说明，饱食终日，无所用心不行，做做下棋掷采的游戏，也比

无所事事好。言外之意是说,"打马"游戏不是无聊之事。

⑦ 摴蒱(chū pú):古代博戏。

⑧ "齐驱"二句:《逸周书·周穆王》:"穆王乘八骏,宾于西王母,觞于瑶池之上,一日行万里。"骥騄,八骏之二,泛指骏马。此喻指棋子。

⑨ "间列"二句:《旧唐书·杨贵妃传》:"玄宗每年十月幸华清宫,国忠姊妹五家扈从,每家为一队,著一色衣。五家合队,照映如百花之焕发。"玄黄,指棋子颜色。

⑩ "珊珊"句:系化用杜甫《郑驸马宅宴洞中》诗"自是秦楼压郑谷,时闻杂佩声珊珊"下句之意。

⑪ "方惊"句:化用张祜《少年乐》诗"闲敲玉镫游"之句意。玉镫,对马镫的美称。

⑫ "落落"二句:形容马队像天上的群星那样布列稠密。连钱,指马的装饰物。

⑬ "若乃"二句:用"吴江"之"枫"和"胡山"之"叶"代指南方和北方。

⑭ 沙苑草肥:化用杜甫《沙苑行》:"苑中骒牝三千匹,丰草青青寒不死。"

⑮ "临波"二句:化用《世说新语·术解》:"王武子善解马性。

尝乘一马,著连钱障泥。前有水,终日不肯渡。王云:'此必是惜障泥。'使人解去,便径渡。"障泥,马鞯。因垫在马鞍下,垂于马背两旁以挡泥土,故称障泥。以上六句字面上写的是棋子受阻,满盘凄凉,语义深层似是南宋面临危局的缩影。

⑯ 昆阳之战:以弱胜强的著名战例。公元 23 年,王莽派军队包围昆阳(今河南叶县北)义军。刘秀乘王莽军队轻敌懈怠,率精兵三千突破敌军中坚,内外夹攻,尽歼王莽主力。

⑰ 涿鹿之师:《史记·五帝本纪》:"蚩尤作乱,不用帝命。于是黄帝乃征师诸侯,与蚩尤战于涿鹿之野,遂禽杀蚩尤。"蚩尤,神话中东方九黎族首领。相传有兄弟八十一人,以金作兵器,并能唤云呼雨。

⑱ "或闻望"二句:闻望,声望。《诗·大雅·卷阿》:"如圭如璋,令闻令望。"意谓品格如美玉,声名远扬有威望。脱复,倘使,或许。庾郎之失,事见《世说新语·雅量》。原谓庾翼有雅量,李清照则谓其不慎而致误。

⑲ 痴叔:指晋王湛。事见《世说新语·赏誉》。以上八句意谓:在困境中要采取灵活的战略战术,出奇制胜,有时要像昆阳之战中的汉光武帝刘秀那样,以弱胜强,有时又要像

涿鹿之战中的黄帝那样,仗义消灭蚩尤;品格声望再高,也不要像庾翼那样,本来胜算在握,却因一着不慎而致误,倒应像王湛那样起初被侮称为"痴叔",声名不为人所知,而"其实美",一旦被发现,便会令人感到意外,从而对他肃然起敬。这好比下棋或实战,要在对方不了解自己实力之时,给他个出其不意。盘上弈棋,与战地布阵一样,有时兵贵神速,"或出入用奇",以少胜多;有时要从容镇定,以义制敌,总之要善于随机应变。

⑳ "亦有"四句:意谓"马"在无路可走时,可以慢慢地退回来,伺机再战;时机有利时,"马"应昂昂如千里之驹,勇往直前,迅速占领敌人的地盘;有时在鸟道上,也要冒险飞过;有时则要善于隐蔽,就像蚂蚁用土封上穴口,或不再乘"车"而缓缓步行,以达到麻痹敌人、保存自己的目的。鸟道,只有鸟才可以飞过的道路,即形容险峻狭窄如蜀道般的山路。蚁封,蚁穴外隆起的小土堆,用以掩护巢穴。

㉑ 王良:古之善御者。见《孟子·滕文公》下。

㉒ 盐车:事见《战国策·楚四》。这里极言运盐之车上山之难。

㉓ 造父:古之善御者。

㉔ "且夫"二句：《穆天子传》卷三载西王母为天子谣曰："白云在天，山陵自出。道路悠悠，山川间之。"

㉕ "心存"二句：恋豆，犹恋栈，恋栈豆。比喻贪恋禄位。著鞭，《晋书·刘琨传》："琨少负志气，有纵横之才。善交胜己，而颇浮夸。与范阳祖逖为友。闻逖被用，与亲故书曰：'吾枕戈待旦，志枭逆虏，常恐祖生先吾著鞭。'其意气相期如此。"以上八句意谓：善弈者，与王良、造父那样的善御者一样重要，离开了他们，纵有千军万马，也如同行进在崎岖陡峭的山坡上，寸步难行。何况时局就像白云在天，变幻无常。要紧的是不要一心恋着禄位，要挥鞭策马，努力向前。"心存"二句犹发人深思。与其说作者在铺陈"打马"，不如说她在讽谕现实中握有兵权的人。

㉖ 五十六采：指骰子所掷之色。《打马图经·采色例》：共有五十六采，包括赏色十一采，罚色二采，杂色四十三采。

㉗ 九十一路：指打马图上有九十一路。

㉘ 殿最：据《汉书·宣帝纪》等记载，"殿最"原指考核政绩或军功时，上等的称"最"，下等的称"殿"。可引申为高低上下之意。

㉙ "运指挥"二句：方寸，谓一寸见方，喻其小。几微，细小。

以上八句意谓：对于"打马"这一博戏来说，也像实战一样，决定胜负的不仅仅是兵强马壮，更要有好的指挥员，而对于弈者和指挥员来说，最要紧的是赏罚分明，只有分清高下重赏重罚，才能指挥若定，稳操胜券。

㉚ "说梅"二句：《世说新语·假谲》："魏武行役，失汲道，军皆渴。乃令曰：'前有大梅林，饶子，甘酸，可以解渴。'士卒闻之，口皆出水。乘此得及前源。"奔竞，原谓为名利而奔忙，东晋干宝《晋纪总论》："悠悠风尘，皆奔竞之士；列官千百，无让贤之举。"此处不能拘泥原意。

㉛ "画饼"二句：《三国志·魏书·卢毓传》："选举莫取有名，名如画地作饼，不可啖也。"腾骧，飞腾的意思。"画饼充饥"这一典故的本义是说徒有虚名，无补于实。李清照将其与"说梅止渴"连用，均取其聊以自慰之义，所以以上六句当作如是解：弈者在小小的棋盘上，能够运用自如，其争强好胜之心亦可得到一定满足。但比起恢复大业来，打马弈棋毕竟是一种小技，它就像"说梅止渴"和"画饼充饥"一样，对于"奔竞之心"和"腾骧之志"，稍有慰藉而已。作者的真正用意是借"打马"，唤起人们的报国之心和起而复国之志。

㉜ "将图"四句：意谓为了吃掉对方一子,明知难以达到目的,
也不改变"图实效"的欲望;为了报答让"子"之恩,明明看
准了机会,可以将对方一军,却率先退让了。

㉝ 衔枚：据《汉书·高帝纪》云：古代进军袭击敌人时,常令
士兵口中衔枚,以防喧哗。枚,形如箸,两端有带,可系于
颈上。

㉞ 贾勇：勇气有余,可以用以继续战斗。贾,出售。

㉟ "皆由"二句：不知止足,犹不知足。尤悔,过错和灾难。以
上六句意谓：在向敌人进击过程中,本应衔枚不语,迂回接
近对方,等叠成十马,才能顺利过关,否则将适得其反;假
如自恃勇气有余,一味争先恐后,没有觉悟到可能陷入对
方设置的陷阱和壕沟,不知适可而止,将咎由自取。

㊱ "况为之"二句：《论语·阳货》："不有博弈者乎,为之犹贤
乎已。"正经,本指儒家经典,这里指《论语》。

㊲ "故绕床"二句：《晋书·刘毅传》："后于东府聚樗蒱大掷,
一判应至数百万。余人并黑犊以还,惟刘裕及毅在后。毅
次掷得雉,大喜,褰衣绕床叫。谓同坐曰：'非不能卢,不事
此耳。'裕恶之,因接五木久之,曰：'老兄试为卿答。'既而
四子俱黑,其一子转跃未定。裕厉声喝之,即成卢焉。"五

木,古代博具。斫木为子,一具五枚,故称五木。用五木掷采打马,后专掷五木以决胜负。相传骰子即由五木演变而成。

㊳ 六子尽赤:徐温怀疑刘信背叛。刘闻之大惊,并力攻城。凯旋后,徐命诸元勋为六博之戏。酒酣,刘敛骰子于手曰:信欲背吴,愿为恶采;苟无二心,当成浑花(全采)……投之于盆,六子皆赤。事见《新五代史·吴世家》。

㊴ "平生"二句:《世说新语·识鉴》:"桓公将伐蜀,在事诸贤,咸以李势在蜀既久,承籍累叶,且形据上流,三峡未易可克。惟刘尹云:'伊必能克蜀。观其蒲博,不必得则不为。'"剑阁,在今四川北部、嘉陵江流域,剑门关矗立其北,以"剑门天下险"闻名。

㊵ "别墅"二句:《晋书·谢安传》云:谢安的棋艺本不及其侄谢玄,因为他能处之泰然,所以他与谢玄弈围棋赌墅,谢玄没有取胜,谢安没有输掉别墅。围棋是这样,实战时,作为最高指挥官的谢安,因其临危不惧,遂获淝水大捷。

㊶ 元子:指伐蜀时成就剑阁之功的桓温。温,字元子。

㊷ 安石:指淝水之战中大破苻坚的谢安。谢安,字安石。

㊸ 陶长沙:据《晋书·陶侃传》载:曾任长沙太守的陶侃要求

部下正襟危坐，把他们的博具投之于江。而李清照是不赞成这样做的。

㊹ 袁彦道：《世说新语·任诞》载：急人之难的袁彦道，他在博弈取胜后，高兴地脱帽而掷之。李清照以为此人值得效法。

㊺ 佛狸：北魏太武帝拓跋焘的小名。《宋书·臧质传》载童谣曰："虏马饮江水，佛狸死卯年。"

㊻ "时危"句：此系杜甫《题壁上韦偃画马歌》之成句，杜诗也是有感于危世，缘事而发。

㊼ "老矣"句：《世说新语·豪爽》："王处仲每酒后，辄咏'老骥伏枥，志在千里。烈士暮年，壮心不已'。以如意打唾壶，壶口尽缺。"王处仲，东晋大臣王敦字。"老骥伏枥"四句，见曹操《步出夏门行·神龟虽寿》诗。


关于此篇的写作时空及其他有关背景，悉见前文"九、避难金华"。总之，这篇《打马赋》是体现李清照爱国衷情的重要作品。"赋"作为一种文体，其特点和表现手法是：通过铺陈文采，来描绘事物，抒写情志。李清照之所以把"打马"这种游戏铺陈得淋漓尽致，目的是为了抒写她的爱国情志。她在赋中大写驾驭千军万马的各种"用兵"之策，又通过引经据典和许多寄意尚武的事例，一方面生动地说明了"博弈之事"有益无害，另一方面还把此道与德义、专诚、谨慎、镇定以及助人、克敌等等优秀品格和奇功殊勋等联系起来。这虽然是一种"纸上谈兵"，但说明作者绝不是单纯为消遣而"打马"，而是借这一"深闺雅戏"，宛转曲折地表达御敌复国之望。

此赋末尾的"辞曰"（有的版本作"乱曰"）数句，因犯忌讳之故，曾被删除过。而恰恰这一段总括了全篇的要旨，其中无处不涉爱国之情。比如"辞曰"开头的"佛狸"，那是北魏太武帝拓跋焘的小名，他曾南侵攻打刘宋。李清照以拓跋焘于"卯年"（公元451年）被宦官所杀之事，愤怒地诅咒金寇死到临头。"贵贱"以下三句，既有作者蒿目时艰之心，更有讽刺当权者之意：如同棋盘上的"骅骝"等神骏，因无善御者而寸步难行，现实中纵然不乏忠荩骁勇之士，却不得发挥其应有的作用，所以时局才如此艰险。

最后的"老矣谁能志千里,但愿相将过淮水"二句,这是作者的自道——我虽然老了,已没有了像曹操和王敦那样的"壮心"和"千里"之志,但是仍然希望能够渡过淮水,回到故乡去。乍一看,此话并非豪言壮语,而细一琢磨:作者想渡过淮水,就是要回到被金寇占领的故乡,其中的潜台词与宗泽临死时"大呼过河者三"是一样的。李清照遂被称为"韵事奇人,两垂不朽"(《说郛·打马图序》语)。


## 题 八 咏 楼①

千古风流八咏楼,江山留与后人愁。

水通南国三千里,气压江城十四州②。


① 八咏楼:原名玄畅楼。南朝齐诗人沈约任东阳(今浙江金华)太守期间,写了总题为《八咏》的八首诗题于玄畅楼壁,时号"绝唱",后人因而将玄畅楼改名为八咏楼。

② 十四州:《宋史·地理志》载两浙路府二,州十二,故云十

四州。

诗的首句"千古风流八咏楼"，可谓写尽斯楼之风流倜傥，笔调轻灵潇洒，比摹真写实更为生动传神。次句"江山留与后人愁"紧承前句，意谓像八咏楼这样千古风流的东南名胜，留给后人的不但不再是逸兴壮采，甚至也不只是沈约似的个人忧愁，而是为大好河山可能落入敌手生发出来的家国之愁。对于这种"愁"，李清照在其诗文中曾多次抒发过。事实证明，她的这种"江山之愁"不是多余的，因为"金人连年以深秋弓劲马肥入寇，薄暑乃归。远至湖、湘、二浙，兵戎扰攘，所在未尝有乐土也"（《鸡肋编》卷中）。具体说来，继汴京沦陷、北宋灭亡之后，南宋朝廷的驻跸之地建康、杭州也先后一度失守。曾几何时，金兵直逼四明，高宗只得从海路逃遁。眼下作为行在的临安，又一次受到金、齐合兵进犯的严重威胁。即使敌人撤回原地，如果不对其采取断然措施，打过淮河去，收复北方失地，而是一味用土地、玉帛、金钱奴颜婢膝地去讨好敌人，那么性如虎狼的

"夷虏"永远不会善罢甘休,南宋的大好河山就没有安全保障。这当是诗人赋予"江山留与后人愁"的深层意蕴,也是一种既宛转又深邃的爱国情怀。

"水通"二句,或对贯休《献钱尚父》诗的"满堂花醉三千客,一剑霜寒十四州"及薛涛《筹边楼》诗的"壮压西川十四州"有所取意。对前者主要是以其"三千里"之遥和"十四州"之广极言婺州(今浙江金华)地位之重要;对后者改"壮压"为"气压",其势比薛诗更加壮阔。看来这不仅是文字技巧问题。上述二诗之所以能够引起李清照的兴趣,主要当是因为薛诗对"边事"的关注和贯诗中所表现出的精神气骨。关于贯诗还有一段颇有趣的故事:婺州兰溪人贯休是晚唐时的诗僧。在钱镠称吴越王时,他投诗相贺。钱意欲称帝,要贯休改"十四州"为"四十州",才能接见他。贯休则以"州亦难添,诗亦难改"作答,旋裹衣钵拂袖而去。后来贯休受到前蜀王建的礼遇,被尊为"禅月大师"。贯休宁可背井离乡远走蜀川,也不肯轻易把"十四州"改为"四十州"。李清照对这类诗句的借取,或是为了讥讽不惜土地的南宋朝廷。

此诗气势恢宏而又宛转空灵,这样写来,既有助于作品风格的多样化,亦可避免雷同和标语口号化的倾向。虽然好的标语口号富有鼓动性,在一定条件下是必要的,但它不是诗,条件一旦有变,它也就失去了作用,从而被人所遗忘。李清照的这首《题八咏楼》历时八九百年,余韵犹在,仍然撼动人心,这当与其使事用典的深妙无痕息息相关。惟其如此,女诗人关于八咏楼的题吟,不仅压倒了在她之前的诸多"须眉",其诗还将与"明月双溪水,清风八咏楼"一样,万古常青!

# 武　陵　春①

## 春　晚

风住尘香花已尽,日晚倦梳头②。物是人非事事休,欲语泪先流。　　闻说双溪春尚好③,也拟泛轻舟。只恐双溪舴艋舟④,载不动、许多愁。

① 《武陵春》：又名《武林春》、《花想容》。李清照的这首词尝被列为"别体"，原因是此词比被视为"正体"的毛滂的同调词的结拍多出一字，变为"载不动、许多愁"的六字句。正在金华避难的李清照，选取《武陵春》为调名填词，洵为独具匠心。当年她与丈夫屏居青州，在一定意义上也是避难。所以她曾把赵明诚称为"武陵人"。"武陵"二字本来就有着丰富而深刻的内涵，稔悉陶潜诗文的李清照，一触及"武陵"二字，自然会想到其所含的"避难"之意。就词调而言，此首基本可以算作"本意"词。

② 日晚：这里是日上三竿的意思，并非指晚上。

③ 双溪：水名，在今浙江金华城南，自宋迄今为当地名胜，因汇合东阳、永康二水，故名双溪。对于双溪所在地的考证，中华书局上海编辑所《李清照集》(1962 年 9 月版，第213—214 页)最为详实可信，这里仅取其成说。

④ 舴艋舟：小船，形似蚱蜢。语见张志和《渔父》词。

　　关于此词的写作背景，已见于本节之"概说"。就文本而言，首二句的字面之意是说，在自然界的雨横风狂之后，花尽尘香，这使一向爱花的词人不胜伤感，以至太阳出来老高，她连头发都懒得梳理一下。

"物是"二句紧承前意，将上文的凄婉之情，以径直之语出之。原因是开头两句含有难尽之意："风住"既指自然现象，又有象征意味。对词人来说，接踵而来的政治、再婚风波虽然停息了，人生的希望也随之消磨殆尽。所以"物是人非事事休"一句，除含有浓重的嫠纬之忧以外，当还有这样一些寓意：经过与小人张汝舟的一段纠葛，词人倍加思念前夫。他的遗著《金石录》还在，但人事俱非，心里有多少话，不等说出就泪流满面。

生活中常常有物极必反之事。愁苦已极的人往往更向往解脱困境，此词下片对"尚好"春光的向往和对双溪泛舟的拟想，仿佛是在黑暗中闪现的转瞬即逝的一线光明。词人所担心的是双溪舴艋舟小，载不动如许愁绪。言外之意，她的满腹忧愁无处排遣，永远也解脱不了。这就是"只恐双溪舴艋舟，载不动、许多愁"这一千古名句的心理背景。

诚然，在李清照之前已有"问君能有几多愁，恰似一江春水向东流"（李煜语）、"无情汴水自东流，只载一船离恨向西州"（苏轼语）、"便做春江都是泪，流不尽，许多愁"（秦观语）、"试问闲愁都几许？一川烟草，满城风絮，梅子黄时雨"（贺铸语）等等写愁名句可供借鉴，但是没有李清照所亲身遭受的党争株连、婕妤之叹、兵燹战乱、丧偶流寓、"颁金"之诬、再嫁离异、诉讼系狱等等人生忧患，其愁思就没有这么重的分量。假若是强说愁的话，她也难免像董解元和王实甫那样，被视为有某种效颦之嫌。

# 十、定居临安(1135—1155?)

约在宋高宗绍兴五年(1135)夏秋,李清照从金华回到杭州的最初一段时间,因诏命其家缴进所藏《哲宗实录》事,朝野一度议论纷纷,李清照为此心情很不好。使她转忧为喜的是,在定居杭州后与一位故旧的重逢。这位故旧就是有通家之谊的朱敦儒。他比李清照年长约二三岁,在其少壮之时就成为志行高洁、博物洽闻、有朝野之望的东都名士。宋钦宗曾将朱敦儒从洛阳召至汴京将授予学官,朱固辞返洛隐居,时号洛川先生,自谓"我是清都山水郎"。"靖康之变"以后,朱敦儒携眷避难淮阴,又辗转洪州和南雄州(今属广东)。高宗多次征召,又在友朋的再三劝说下,他这才来到杭州。在召对时，朱敦儒议论明畅，颇得高宗赏识，遂赐予进士出身，任为秘书省正字。大约在朱敦儒膺任临安通判之际，其与李清照有以观鱼、赏莲为题的唱和。李之原唱已佚，朱敦儒的《鹊桥仙·和李易安金鱼池莲》一词尚存。

早在建炎三年(1129)七月，将杭州升为临安府，当是赵构有意设下的一着苟安投降之棋，及至绍兴八年(1138)，尽管在辞令上对临安仍称"行在"，而实际上已定都于此。抗战派人物曾多次剀论定都临安之害，更是不顾身家性命地激烈反对此一苟安之举。在一定的时代政治背景下，反对还是拥护定都临安，洵可作为抗战派和投降派的分水岭。李清照尽管毫无机会和资格参与朝廷旷日持久的定都之议，但是她深情怀念京洛旧事的《永遇乐·元宵》词，正是一种以"忧愁风雨"出之的再真诚不过的家国之念。对这首词，张端义《贵耳集》卷上称之为"以寻常语度入音律"的"常怀京洛旧事"之作，而刘辰翁每诵此词"为之涕下"、"辄不自堪"(《须溪词》卷二)，则更是一种基于爱国情愫的共鸣！

现存可靠和较可靠的漱玉词，恐怕总共不满五十首，其中约有十来首或含有悼亡之意，或专为悼亡而作，堪称悼亡词的除《南歌子》等以外，约写于赵明诚十周年祭（1139）的《孤雁儿》，则是相当典型的一首。

在旧时代，女子的命运主要是由三个男人决定的：父亲决定女儿的贫富贵贱；丈夫决定妻子一生的苦乐酸甜；儿子决定母亲老来的贵贱和危安。在李清照五六十岁之间，曾写过一首《长寿乐·南昌生日》。寿星"南昌"，有学者笺定为韩肖胄之母，当可信。因为这位韩母，至少其丈夫、儿子均为荣耀尊崇的社稷之臣。而李清照之父的命运很坎坷，她所得到的庇护是很有限的；她与丈夫之间，虽传有不少甜蜜的佳话，实情却是与其同甘者日短、共苦者时长。既无子嗣，又中年丧夫遭遇国破家亡，晚年流落他乡的李清照，其命运之悲苦，在大约写于六十岁上下的《添字丑奴儿》一词中，可见一斑。而她的平生感受和早、中、晚三期迥然不同的三种心态，则悉见于类似自我定论的《清平乐》一词。

　　大约在六十岁前后，李清照在创作上基本搁笔，但情思未泯，可谓"春蚕到死'思'不尽"。约略六十岁（1143）时，她将《金石录》表进于朝，在其文名日高之际，曾为人捉刀代笔，撰写所谓《贵妃阁春帖子》、《端午帖子》之类，又因她不肯为其姑表姊妹之夫秦桧之兄代笔而得罪了权贵。在李清照已届古稀之年时，还发生过以下两件足以令人深思的事情：

　　一是六十七岁前后，她曾携所藏米芾二墨迹，访其长子米友仁，求作跋。

　　二是在李清照即将告别人世的七十多岁时，她曾想将平生所学传于一个看来温文尔雅的孙氏小女，未料此女却以"才藻非女子事也"的酸话，回敬李清照的一副滚烫的热肠。就这样，李清照赍其未竟的右文兴化之志，"且恋恋，且怅怅"地走入了另一世界……其遗骨虽难得祔葬夫坟，而很可能独留其所谓"海角天涯"，但其精灵魂魄，当早已回归到专为她兴建的大明湖上的藕神祠。

# 永　遇　乐①

## 元　宵

落日熔金，暮云合璧，人在何处②？染柳烟浓，吹梅笛怨③，春意知几许？元宵佳节，融和天气，次第岂无风雨④！来相召、香车宝马⑤，谢他酒朋诗侣。　　中州胜日⑥，闺门多暇，记得偏重三五⑦。铺翠冠儿，捻金雪柳⑧，簇带争济楚⑨。如今憔悴，风鬟霜鬓，怕见夜间出去。不如向、帘儿底下，听人笑语。

① 永遇乐：又名《永遇乐慢》、《消息》。此调始见于柳永《乐章集》，而《词谱》卷三二以苏轼"明月如霜"一首为正体。李清照此首之立意，对苏轼同调词的"燕子楼空"三句和晁补之同调词的"回首帝乡何处"等似有化用，又从或反、或转的意义上有所借取。从词史上看，李清照的这道《永遇乐》，与辛弃疾同调词的"千古江山"各有千秋，均堪称"压调"之作。

② "落日"三句：前二句似隐括江淹《拟休上人怨别》诗的"日暮碧云合,佳人殊未来"和廖世美《好事近》词的"落日水熔金,天淡暮烟凝碧"之句意,以指昔日之相同景致。对于第三句的"人在何处",常见有两种理解：一是承上文,谓景色依旧,"人"系作者自指；二是"人"指作者的故夫赵明诚,意谓与其有泉路之隔。当以前者近是。

③ "吹梅"句：梅,指乐曲《梅花落》,用笛子吹奏此曲,其声哀怨。

④ 次第：这里是转眼的意思。

⑤ 香车宝马：这里指贵族妇女所乘坐的、雕镂工致装饰华美的车驾。

⑥ 中州：即中土、中原。这里指北宋的都城汴京,今河南开封。

⑦ 三五：十五日。此处指元宵节。

⑧ "铺翠"二句：铺翠冠儿,以翠羽装饰的帽子。雪柳,以素绢和银纸做成的头饰。均为北宋元宵节妇女时髦的装饰品。

⑨ 簇带：簇,聚集的意思。带即戴,加在头上谓之戴。济楚：整齐、漂亮。簇带、济楚均为宋时方言。意谓头上所插戴的各种饰物。

在理论上，李清照主张词"别是一家"，在创作实践上，其诗词的题材和题旨曾经迥异其趣。但是时届晚年，此种情况却有很大改变，即在她的晚境词中，对于"中州"等所代表的故国的怀念，不时可见，此首就是这方面的代表。它问世不久，就先后激起各种人等，尤其是热血人士的赞许和共鸣，本节概说中所引张端义和刘辰翁的话，就分别从艺术性和思想性两方面给予此词高度而中肯的评价。这首词的写作特点，既是人们常说的今昔对比，又并非那种简单对比，它不仅是一幅浓缩了的社会、人生图画，更是一部内涵丰富的人物心灵史的艺术外化。

词的上片写临安的元日之景。首二句隐括上引前人诗词来形容比喻：落日像熔化了的金子一般绚丽璀璨，暮色中飘浮的云彩聚拢了来，宛如珠联璧合。由于眼下的这种景色，与昔日汴京的元夜极为相似，以至使词人不由得发出"我这是在哪里"（"人在何处"）的疑问。然而，临安毕竟不是汴京，当词人的思路回到现实中时，她却感到满目凄凉。所以"染柳"二句正是表达词人这种黯然神伤的景语,也就是作者悲苦心情的外化。接下去的"春意知几许",是春意盎然的反面,言时值早春,早春天气也有风和日丽的时候,而"次第"二字是进展之词,那么"春意"以下数句就当作如是解:别看今年元宵节天气这么好,转眼恐有风雨来临!这几句字面是讲天气,但仍然是人世感喟,含有一定的哲理和人生体验。不是吗?大至宋朝社会,已由盛而衰;中如赵、李两族,已家破人亡;小到一己之身,曾几何时,她待字汴京,才名轰动,令多少人倾慕不已,如今竟变成了一个只身漂泊的"闾阎嫠妇"。一句话,天气也罢,人事也罢,都那么变化无常!想到这些,哪里有闲心游乐?因而"来相召"以下二句收束得顺理成章,且含有一定的嘲讽之意。因为国家已经到了这样的境地,"酒朋诗侣"们却把杭州作汴州,"香车宝马",仪从阔绰,依然寻欢作乐。作者谢绝了召邀,可见她不同于那些醉生梦死的人。

下片转忆京洛旧事。起拍"中州盛日",寄托了词人深沉的家国之思。"闺门多暇",不仅是指有空余时间,主要是处境优越,有那份闲心。汴京待字时的词人,不论穿戴和气度,自然会压倒群芳;再锦上添花、着意打扮一番,一旦出现在灯火阑珊的市街上,不知会引起多少人交口称赏! 然而"如今",她已年过半百,鬓发散乱,憔悴不堪,即使在热闹非凡的元宵之夜亦懒得外出了。因而结拍的"不如向、帘儿底下,听人笑语",格外发人深思:试想,那些在灯红酒绿之中时时发出"笑语"的人,怎么会念及国家安危呢? 当躲在"帘儿底下"的作者听到这种"笑语"时,内心该是多么酸楚!

总之,词人谢绝"来相召"也好,"怕见夜间出去"也好,并不是忧愁自然界的"风雨",更不是自惭形秽,而是在江河日下之际,所产生的一种难以名状的孤独感。以往对此句的解读,多谓词人因其亲人亡故,自己再无欢乐可言而只能"听人笑语"。其实这里当有更深的寓意和暗示:此时发出欢声笑语的主要是权臣佞人及其随之飞升的家人亲属。爱国将相备受猜忌、主战派不得君心,老臣殊勋多于清寒中度日,退避隐居,甚至被贬遇害。所以,"不如向、帘儿底下,听人笑语",其所概括的不仅是李清照一人因丧偶而产生的孤苦心情,其所隐含的当是投降派得势、爱国有罪、忠荩之士噤若寒蝉、奸佞之辈无法无天的极度黑暗的政治现状。

## 孔 雁 儿① 并序

世人作梅词,下笔便俗。予试作一篇,乃知前言不妄耳。

藤床纸帐朝眠起②,说不尽、无佳思。沉香断续玉炉寒③,伴我情怀如水。笛里三弄④,梅心惊破,多少春情意⑤。 小风疏雨萧萧地,又催下、千行泪。吹箫人去玉楼空⑥,肠断与谁同倚⑦。一枝折得,人间天上,没个人堪寄⑧。

① 孤雁儿:即《御街行》之又名。这一别名的来历是因《古今词话》所录无名氏词有"听孤雁声嘹唳"之句的缘故。

② 藤床:用藤、竹所编制的床。纸帐:用藤皮茧纸制成的

帐子。

③ 沉香：一种熏香料。《太平御览》卷九八二引《南州异物志》云："沉水香出日南。欲取，当先斫坏树着地。积久，外皮朽烂。其心至坚者，置水则沉，名沉香。"

④ 笛里三弄：用笛子吹奏《梅花三弄》。此乐曲的主调反复出现三次，因称"三弄"。

⑤ 春情意：借取春日的美好景致，喻指当年令人难忘的夫妻深情。

⑥ 吹箫人：原指善吹箫的萧史。秦穆公女弄玉喜好吹箫，嫁于萧史数年后，二人随凤飞去(见《列仙传》)。这里以萧史喻指已故的赵明诚。

⑦ 肠断：形容悲伤之极。《世说新语·黜免》："桓公入蜀，至三峡中，部伍中有得猿子者，其母缘岸哀号，行百余里，不去，遂跳上船，至便即绝。破视其腹中，肠皆寸寸断。"

⑧ "一枝"三句：自从陆凯写了《赠范晔》诗之后，"折梅"便成了彼此馈赠之语。词人想折梅寄赠亲人，但因泉路相隔，故云"没个人堪寄"。

　　此词虽然被收入《梅苑》，但因为今天所看到的《梅苑》，并不是黄大舆于建炎三年（1129）冬的原编本，而是后人辑补本。所以，对这首《孤雁儿》词的讲解，就可以不受《梅苑》原编本成书时间的约束，而依据作者的经历和此词的文意，将作品置于适当的时空之中加以评析。

上引词的小序说，"世人作梅词，下笔便俗。我试着作的这一篇，恐怕也难以免俗。所谓作咏梅词很容易落入俗套，看来这并非是虚妄之言"。其实，此词不但不俗，而且堪称超凡脱俗。它不是那种咏物而滞于物的咏梅词。词中虽然用了两个关于梅的常见典故，但都是经过改造有所出新，而写成的一首悼亡词。在悼亡词史上，李清照是第一个作为"未亡人"为丈夫写悼亡词的著名作者，又很可能是她第一个将梅引入悼亡词之中，这足以说明作者未落俗套。

此词的第二点脱俗之处，在于下片的"吹箫人去玉楼空，肠断与谁同倚"之句。萧史的恋人是弄玉，二人已羽化成仙。这无疑暗喻着词人和她的丈夫也都不是凡夫俗子。第三点不俗之处是，不仅所用《赠范晔》诗这一典故浑化无迹,而且将其用在泉路相隔的夫妻之间,岂不更加感人而有新意!

总之,李清照的咏梅词,由"香脸半开"的自况,经"没个人堪寄"的悼亡,再到寄寓家国之念,其作品主旨的变化,再清楚不过地说明了词人的身世遭际及其思想的升华。由于词人后期逐渐摆脱了儿女私情而臻于"嫠不恤纬,惟国是爱"的崇高思想境界,从而也就突破了她写《词论》时的词学主张,使其"小歌词"的题材内容蕴寓着深沉的家国之情,那就更与"俗"字无缘了。

## 添字丑奴儿①

### 芭 蕉

窗前谁种芭蕉树,阴满中庭。阴满中庭,叶叶心心,舒卷有馀清②。　　伤心枕上三更雨,点滴霖霪③。点滴霖霪,愁损北人,不惯起来听。

① 添字丑奴儿：一作《添字采桑子》。《丑奴儿》、《采桑子》同调而异名。添字,在本词中具体表现为：在《丑奴儿》原调上下片的第四句各添入二字,由原来的七字句,改组为四字、五字两句。增字后,音节和乐句亦相应发生了变化。

② 舒卷：舒,用来形容蕉叶之舒展。卷,是形容蕉心的卷曲好看。"馀清",今本或作"馀情","情"字在此其意似欠妥,因此词上片旨在咏物并非简单的拟人之法。馀清,意谓蕉叶舒展;蕉心贻人以清凉舒适之感。视"清"字为"情"字的谐音,其意似胜于径用"馀情"二字。

③ "伤心"二句：这里或许分别对杜牧《雨》诗的"一夜不眠孤客耳,主人窗外有芭蕉"、温庭筠《更漏子》词的"梧桐树,三更雨,不道离情正苦。一叶叶,一声声,空阶滴到明"、无名氏《眉峰碧》词的"薄暮投村驿,风雨愁通夕。窗外芭蕉窗里人,分明叶上心头滴"等句,有某种借取和隐括。霖霪,本为久雨,这里指接连不断的雨声。

　　此词的主人公是流寓他乡的嫠妇李清照。她的住宅庭院,或是半途购置,或是临时租赁。窗前那丛高大的芭蕉树,也不知是哪年哪月谁人所种,以其身高叶大的浓阴,遮盖了整个庭院。炎夏酷暑中,犹如热中送扇,使人感到如此凉爽适意。这丛芭蕉的绿叶是那么舒展,蕉心卷曲又那么好看。叶叶心心,不断地给人以清凉舒适之感。

在夏日的白昼,词人倍感蕉叶蕉心的清凉宜人,但是一到夜晚,尤其是雨夜,这丛芭蕉树真是造孽啊!下片的"伤心枕上三更雨,点滴霖霪"二句,虽然可能对前人的诗词佳句有所借鉴,但是其词旨和词艺皆远胜于上引诸作。原因是李清照平生所经历的一件又一件的"伤心"事,一则不是一般人所能想象和承受的,更不是放荡不检的杜牧和儇薄无行的温庭筠等人所能体察得到的。所以,他们和她所描写的不同时代的同类生活感受,其真实性和感人程度显然是大不一样的。二则词人私自的"伤心"事虽然大都已成过去,随着时间的推移,"伤心"的程度也会逐渐弱化,但另一种"伤心"事,也就是忧国伤时之感,却与日俱增。南宋绍兴年间,由于主和派的得势、主战派的退让,李清照这个一向竭力主张抗战复国的热血女子,能不忧心如焚!正当她为国家的前途忧心忡忡、夜不能寐之时,窗外却下起了"三更雨"。雨点打在芭蕉上渐渐沥沥,接连不断。这接连不断的雨声,使得"伤心"人再想入睡更是难上加难!

"北人",是南渡后词人的自指。"愁损北人"二句的意思是说,我这个被国忧乡愁折磨得已经体损神伤、羸弱不堪的北方人,最不愿意听到半夜三更雨打芭蕉的凄厉之声,从而更加触动"北人"的乡愁,彻夜难眠。所以这里一转上片对种树人的感念之意,而对无辜的芭蕉树产生某种埋怨情绪。结拍的"不惯起来听",似应作如是解:由于不习惯听到雨打芭蕉的声音,词人被搅扰得睡不着,索性坐起来倾听雨声,此系无可奈何而为之。也就是说,"北人"不像"南人"那样,对雨打芭蕉之声习以为常,照样酣睡。因为"南人"不像"北人"那样怀有浓重的家国之愁。

## 清 平 乐①

年年雪里,常插梅花醉。接尽梅花无好

意,赢得满衣清泪。　　今年海角天涯②,萧萧
两鬓生华③。看取晚来风势,故应难看梅花④。

① 清平乐:又名《清平乐令》、《醉东风》等,其与《清平调》(又
名《清平辞》)不同,却往往被混淆。对此,王灼《碧鸡漫
志》卷五曾加辨别。作为词调《清平乐》中的"清"、"平"二
字之出处:或谓犹如"海内清平,朝廷无事"、"社稷有应瑞
之祥,国境有清平之乐";又谓调名源于南诏清平官。而
《清平调》作为唐声诗名,因其乐律在古清调与平调之间
得名。

② 海角天涯:本指偏远之地,但李清照未曾过海远渡,也未到
过地理上的偏远之处,晚年虽一度辗转于今天的苏、皖、浙
一带,不久就定居临安(今杭州)二十余年,直至逝世。所
以,词人一再提及的"海角天涯",似有以下含义:其一当
指"心理"距离和感受。其二当指"社会政治"距离。词人
内心所向往和亲近的是故都汴京,今居江南,远离汴梁,故
谓之"海角天涯"。其三当指"感情"距离。当时一班苟安
之辈以享乐为能事,此间乐不思汴,而词人面对半壁江山,
为之不胜忧戚,倍感寂寞,忧愁流年。

③ 萧萧：头发花白稀疏的样子。

④ "看取"二句："看取"是观察的意思。观察自然界的"风势"，虽然出于对"梅花"的关切和爱惜，但此处"晚来风势"的深层语义，当是喻指金兵对南宋的进逼。

　　这是一首忆春梅和咏残梅之作。传本《梅苑》收录署名李清照五首咏梅词。其中《满庭芳》、《玉楼春》、《渔家傲》（雪里已知春信至）三首系早期所作，被收入《梅苑》无可怀疑。另一首《孤雁儿》和这首《清平乐》显系赵明诚卒后的晚期所作。赵卒于建炎三年秋，那么咏梅兼悼亡之作最早则应作于翌年初春梅开之时，而蜀人黄大舆所辑《梅苑》系成书于建炎三年冬。所以这首《清平乐》亦非《梅苑》旧本所载，可不受《梅苑》成书时间所限，将其视为晚年所作。实际上，这首《清平乐》也是词人对自己一生早、中、晚三期带有总结性的追忆之作，即使并非绝笔，也不会是早、中期所作。

　　从文本的具体词句来看，此首上片的时间跨度约有二十六七年。前二句是说词人在汴京待字和出嫁不久，那时每当飞雪漫天,梅吐清芬,她便以应时香梅作饰物插在自己的秀发上,那是多么令人陶醉的情景!"挼梅"二句所回顾的是中年时光,"梅花"已由娇贵的头饰变为在她手中揉搓的遣愁之物。然而,此物遣愁愁更愁,她那沾满泪水的"罗衣"所饱和的正是与班姑相类似的"婕好之叹"。此词中又一次出现的"挼梅"意象,则是从前代宫怨、闺怨情词中积淀而来。

下片指国破后的晚年境况。她把自己晚年居住的临安叫做"海角天涯",说明故都汴京在其心目中有多么重的分量!"看取"以下二句,是以"梅花"将被寒风侵袭的命运,比喻金兵对南宋的进逼,表现出词人对时局的忧虑。因此,结拍的"梅花",除了在上文分别作为头饰和遣愁之物以外,尚含有一定的象征之意。词人对"梅花"的关切,正是她对故国故家具有一颗无比悃诚之心所致。

# 《中国古代文史经典读本》（文学类）书目